Sonya
ソーニャ文庫

復讐の甘い檻

最賀すみれ

イースト・プレス

contents

プロローグ

それは、いつもの穏やかな日曜日のことだった。

アイディーリアは姉と共に教会の礼拝に参列した後、屋敷に戻るため馬車に乗った。

車内には付き添いの侍女と姉妹の三人だけ。気取る必要もないことから、姉はずっと不平不満を言い続けている。

王宮での夜会に招待されたにもかかわらず、父親が勝手に断ってしまったせいだ。

アイディーリアは、しばらく耳を傾けてから、もう何度目になるかわからない答えを返した。

「王宮の夜会といっても、あれはフォンタナ家の縁戚の侯爵が主催される催しではありませんか。当然、出席者もあちら寄りの方々になるはず」

その名前を耳にして、姉は顔をしかめた。

フォンタナ家は、自分達の生家であるルヴォー家の最大の政敵である。

憎み合い、争い合う両家の確執は、何百年もの間、世代を越えて続いてきた。

「そんなところへ、仮にもルヴォー家当主の娘であるお姉様を行かせるわけにはいかないと、お父様は心配されたのでしょう」

「でも王太子殿下もいらっしゃるというじゃないの！」

姉は、お気に入りの扇をくやしげににぎりしめる。

「半年前に初めてご挨拶してから、まだ片手で数えるほどしかお会いできていないのよ？王太子殿下からは再三お誘いを受けているというのに、お父様がぐずぐずされているから……っ」

四つ年上の姉、ベアトリーチェは現在十七歳。

豊かなブルネットの髪と、亡き母に似たはなやかな美貌を誇る、ルヴォー家自慢の令嬢だった。

半年前に王宮の舞踏会に出席した際、その美しさが王太子の目にとまり、何かにつけ誘いが来るようになったという。だが父は慎重な姿勢をくずさなかった。

王太子の興味が、他の家の令嬢に向けられるのとさほど変わらない程度と心得ていたためだ。

「きっと作戦です。会う機会を限ることで、お姉様を求める殿下のお気持ちがいっそう募るのを待っていらっしゃるのでは？」

賢しげな妹の言葉に、ベアトリーチェはいらだたしげに扇を開いたり閉じたりをくり返す。

「もったいぶっているうちに、好機を逃したらどうするの？」

「簡単に手に入ったものへの関心は、簡単に失われてしまうものです」

「でものんびり構えている場合でもないでしょう？　フォンタナ家も、それはそれは美しい遠縁の娘を呼び寄せて殿下に引き合わせたそうじゃないの」

「大丈夫。王太子殿下はルヴォー家との関係が深いお方ですもの。どんなに美しくても、フォンタナ家の娘になびくはずがありません」

とたん、姉はバカにするように鼻を鳴らした。

「おまえは男の心というものを知らないのよ。本当にあてにならないものなんだから」

「お姉様――」

確かに、アイディーリアには男性の心がわからない。

良家に生まれた娘の常として、生まれてからずっと女性に囲まれ、異性からは遠ざけられて暮らしてきたのだから。

しかしだからこそ、恋多き姉のことが不思議でたまらなかった。

アイディーリアと変わらない生活をしているはずなのに、姉は今のアイディーリアと同じ歳の頃から、お菓子をつまみ食いするように、多くの貴公子達との恋を楽しんできた。

　そうして王太子という最大の攻略相手にたどり着いたのである。

(ずっと他人として過ごしてきた人を、自分の虜にするなんて魔法みたい。想像もつかないわ…)

　アイディーリア自身は、恋をしたことがない。

　人並みに憧れはあるものの、乳母や侍女達は、いずれ父が立派な人を見つけてくれるだろうから、その相手に恋をすればいいと言う。

　姉のような魔法を使えない自分には、そのくらいがふさわしいのではないかと、アイディーリアも考えていた。

(でもお姉様をここまでヤキモキさせるなんて。やはり王太子殿下は特別な方なのね…)

　姉へかける言葉に迷っていると、侍女のハンナがさりげなく切り出してくる。

「ルヴォー家の家紋は麗しい薔薇。フォンタナ家は荒々しい鷲。こと宮廷での恋の戦いに、ルヴォー家が負けるはずはありませんわ」

　機転をきかせたハンナの言葉に、車内に笑いが起きる。

　和やかな雰囲気にホッとした——その瞬間だった。

　ふいに、大きな衝撃が馬車を襲う。

「——……っっ!?」

車体が大きく跳ね上がり、アイディーリアと姉と侍女は、共に宙に浮いた後に座席へと強くたたきつけられた。

三人の悲鳴が重なって響く。

その間にも馬車は激しく揺れながら、石畳の路面と擦れる耳障りな音を立てて、しばらく走った末に止まる。

「……………」

静かになった車内でしばし放心した後、アイディーリアはおそるおそる身を起こした。

姉とハンナが、うめきながらそれに続く。

「何が起きたの……？」

姉は額を押さえて、衝撃で開いてしまったらしい窓を見やった。

風にひるがえるカーテンのせいで外の様子はわからないが、車体が大きく傾いでいる。

「……車輪が外れてしまったのではないかしら？」

アイディーリアの声に応じるように、窓のカーテンが外から開かれた。

パッと差し込む太陽の光が、車内を明るく照らす。

それと同時に、涼やかな声が響いた。

「大丈夫ですか？　お怪我はありませんか？」

馬車の窓から中をのぞきこんできたのは、まだ年若く、美しい少年である。

思慮深そうな月白色(げっぱくしょく)の瞳を気遣わしげに曇らせ、車内の様子を確認している。

その相手をひと目見た瞬間、アイディーリアはしみじみと心を奪われてしまった。

「――――……」

人形のように繊細に整った顔を、まばゆい銀の髪がはなやかに彩っている。神秘的な月白色の瞳は、清らかでありながら、にじみ出すような色気をたたえていた。

軽く小首を傾げる仕草にすらドキドキしてしまう。

(……誰?)

十三歳のアイディーリアより、二つ三つ上だろう。

身にまとう光沢のある白絹(しらぎぬ)の外衣から、高貴な生まれであることは明らかだった。

ぼうっとするアイディーリアの横で、油断なく目を眇(すが)めた姉が、少年のまとう外衣の刺繍(ししゅう)に気づき小さくつぶやく。

「……フォンタナ家……」

左胸に黒銀の糸で雄々しく描かれているのは、爪を広げた鷲の紋。

しかし忌々しげな姉の声も、アイディーリアの耳を素通りした。

家紋など、どうでもいい些末(さまつ)なことだ。

一方、傾いた馬車の中をのぞきこんできた少年もまた、アイディーリアを目にした瞬間、月白色の瞳を軽く瞠る。

「――――」

言葉を失い、ただ見つめ合う相手の眼差しの中に、吸い込まれてしまいそうな心地になる。

（……魂が奪われるって……こういうことなのね……）

輝く月白色の瞳に目を奪われたまま、アイディーリアは胸がふるえるほどの感動を覚えた。

頭の芯が痺れ、眩暈がするほどの幸福に酔う。

（うれしいのに、泣きたくなるのは、どうして……？）

十三歳の幼い心の中で目覚めた激情におののきながら、アイディーリアは確信する。

全世界に向けて叫びたい気持ちだった。

今日、たった今、自分は運命の相手に出会ったのだ、と――。

「本当にステキな方だったのよ！」

夜になってもまだ、アイディーリアの興奮は治まらなかった。

街の往来で馬車の車輪が外れ、通りすがりのフォンタナ家の御曹司に助けてもらった話を、身ぶり手ぶりを交えてくり返し乳母に話す。

「この世にあんなにも優しくて、見目が良くて、高潔な方が存在するだなんて……。おまけに力持ちなのよ？　わたしを馬車から出す時、軽々と引っ張って持ち上げてしまって」

薄絹のふんわりした夜着を着せられている間も、馬毛のブラシで瞳と同じ榛色の長い髪を梳かれている間も、いかにフォンタナ家の跡取り息子がすばらしい人物だったかということを延々と話し続けた。

しかし肝心のばあやは気のない返事をするばかり。

「お嬢様、少しじっとしててくださいまし」

「きっと神様が引き合わせてくださったのよ！　あの事故がなければ、もう少し大きくなって王宮の舞踏会に行くまで、あの方と出会うことはなかったはずだもの」

「御者のジャンには、馬車の点検を怠らないようよく言っておきませんと」

「ばあや、ちゃんと聞いてちょうだい」

「ご冗談でしょう!?　聞きたくありません！」

それまで黙って聞いていた乳母は、とうとうそう叫び、アイディーリアを寝台の中に押し込んだ。

羽毛の布団をかけながら、嘆かわしげに言う。

「フォンタナ家の若者に付き添われてお嬢様方が戻っていらしたのを見た時の、我が家の阿鼻叫喚ぶりときたら……！」

「馬車が走れなくなってしまって困っていたのを、助けてくださったのよ」

「だからって何もフォンタナ家の人間に頼らずとも！」

「なのに、あんなふうに追い払うように帰してしまって……」

「ここまで使いを送ってくだされば、すぐお迎えにまいりましたのに」

「ともかくお世話になったのだもの。お礼をしなければいけないわ」

「お嬢様！」

燭台の火の始末をしていた乳母が、おそろしい形相でふり返る。

「目を覚ましてくださいまし！　我がルヴォー家と、あのフォンタナ家は、代々宮廷の覇権を争ってきた敵同士。これまでにいったい、どれほどの人間が犠牲になったと思っているのですか!?」

「――――……」

厳しい言葉に、ぐっと声を詰まらせる。

乳母の言う通りだ。両家は何百年も前から血で血を洗う闘争をくり広げてきた。殺し、報復をし、そのまた報復をし……と、これまで多くの者が犠牲になってきた。

アイディーリアの従兄も、一昨年フォンタナ家の手の者に襲われて命を落とした。まだ二十歳前だったというのに。

『あの一族とルヴォー家との間に共存の文字はありえない。どちらかが死に絶えるまで争いは続く』

父は事あるごとに一族の男達にそう言っている。

アイディーリアもそういうものだと思っていた。――今日までは。

乳母は両手を腰にあてて言った。

「よろしいですか。もう二度と関わってはなりません。フォンタナ家の男に心を奪われたなど、おぞましいことをおっしゃらないでください」

「おぞましいだなんて……っ」

「お嬢様はだまされておいでなのですよ！　きっとあの御曹司は今頃、ルヴォー家の大事なお嬢様は自分にぞっこんな様子だったと、得意げにふれまわっていることでしょうよ」

「ばあや！」

「フォンタナ家の男のことは忘れてくださいまし！　でないと旦那様に報告して、叱っていただきますよ！」

恐い顔で言い、乳母は嘆かわしげなため息をつきながら部屋を出て行った。

無情に閉ざされたドアを、アイディーリアは不満を込めて見つめる。

(そんな人じゃないわ!)

乳母は彼のことを知らないから、そんなふうに言うのだ。

「シルヴィオ様……」

うっとりと幸せな気分で、アイディーリアは大切な名前を口にする。

馬車の車輪が外れて困っていた時、彼は真っ先に駆けつけてくれた。

側面の紋章を見れば、それがルヴォー家の馬車であることはわかっただろうに、率先して助けようとし、おまけに座席の上で途方に暮れるアイディーリアに、優しく笑いかけてくれたのだ。

『こわがらないで。今、何とかするから』

「……はぁ……」

あの時の彼の笑顔は、胸が溶けてしまいそうなほどステキだった。

思い出すだけで幸せいっぱいになる。

しかし一緒にいた姉のベアトリーチェは、相手がフォンタナ家の人間と知って、失礼な言葉を何度もぶつけていた。

にもかかわらず、シルヴィオは周りにいた友人達と共に、馬車をその場で直してくれたのだ。

　服が汚れるのにもかまわず傾いた車体を持ち上げ、車輪をはめ、留め具でしっかりと固定してくれた。おまけに家まで送ってくれたのである。

　なんと誇り高く、勇気と思いやりに満ちた人だろう！

　彼を目にした時から、アイディーリアの心臓はうるさく鳴りっぱなしだった。

（あぁ……、あの方はわたしをどう思ったのかしら？　少しでも好ましい娘だと思ってくださっていればいいけど……）

　家まで送る間、彼はあれこれアイディーリアに話しかけてきた。

　でも自分は、緊張のあまりしどろもどろしてしまい、ちっとも洒落(しゃれ)た返事ができなかった。

　つまらない娘だと思われてしまったかもしれない……。

（あぁ嘘！　どうしよう。そんなんじゃないのよ。普段は大人とも落ち着いて話すし、冗談を言ってみんなを笑わせたりもするのに。……いいえ）

　考えながら、もっと最悪の可能性が頭をよぎる。

（もしかしたら、シルヴィオ様がフォンタナ家の人間だから話したくなかったとか……、そんなふうに誤解されてはいないわよね？）

　不安でたまらず、いやなことばかり考えてしまう。

起き上がり、ベッドの上にひざまずいて、アイディーリアは固く両手を組んだ。

（神様！　お願いです。どうか……どうかもう一度チャンスをください！　今度はもっと、きちんと振る舞ってみせますから……！）

組んだ両手に額をつけて、必死に祈る。

しかしそれが、虚しい祈りになるのもわかっていた。

このことは早晩父の耳にも入るだろう。フォンタナ家の御曹司が自分の娘に近づいてきたと知れば、父はこれまで以上に娘達への監視や制約を強めるにちがいない。

お礼すら、言いに行くことを許してもらえないかもしれない……。

（そんなのいや！　もう一度会いたい……。あの方を見たい。……優しく話しかけてくださる笑顔を見たい）

「シルヴィオ様……っ」

あふれる想いを込めてつぶやいた、その時。

コン、と窓に小石の当たる軽い音がした。

初めは気のせいかと思ったものの、しばらくしてまたコン、と音がする。

ベッドの上で様子をうかがっていると、ふたたびコン、と窓に何かが当たった。

（――……っ）

アイディーリアの胸が、不安と、うれしい予感の双方に揺れる。

「まさか……」

急いでベッドを下り、カーテンを開いてみる。すると天井まである高い窓の向こう――ベランダの床に、小石が三つ落ちていた。

(嘘でしょう、まさか……っっ)

あわてて手ぐしで髪を整え、夜着の上に毛糸のショールをはおる。ふかふかの室内履きをはいて音もなくベランダにすべり出てから、手すりにもたれて周囲を見まわした。

「……誰？　誰かいるの？」

⚜

⚜

⚜

それは日曜日の、教会からの帰り道だった。

フォンタナ家のシルヴィオは、同世代の親戚の少年達と共に馬で街にくり出した。みんな古い付き合いの、気の置けない仲間である。普段はとても仲がいい。しかし今は、互いに腹の内を探り合っている。

シルヴィオは笑いを堪えて、三人の幼なじみのやり取りに耳を傾けた。

「しらばっくれやがって。おまえ、彼女に手紙を送っただろう？　侍女がしゃべってるのを聞いたぞ」

「金をやって聞き出したんだろ」

「返事はどうだった？」

「まだ返事は来ていない」

「嘘つけ。侍女は彼女が手紙を返したって言ってたぞ」

「そういうおまえこそ、レースの扇子を贈ったそうじゃないか。侍女から聞いたぞ」

「おまえも金をにぎらせて探ったのか？」

「で？　反応はどうだった？」

「まぁまぁだ」

「まぁまぁってどのくらいなんだ？　はっきりしろ！」

真剣にそんなことを言い合う三人の姿に、シルヴィオは後ろでくすくすと笑う。

先日、父が領地から遠戚の娘を呼び寄せたのだ。

幼い頃から、群を抜いた美貌で知られていたという、十六歳の少女である。

そのあまりの美しさに、一族の男達――主に若い面々は、すっかり浮き足立ってしまっていた。

このところ、寄るとさわると少女の話で持ちきりである。

「おまえ達の小遣いのおかげで、彼女の侍女は大もうけだな」

シルヴィオがまぜっ返すと、仲間が不服そうに言った。

「余裕だな。フォンタナ家当主の跡取りなら、その気になれば勝てるってことか？」

「まさか」

突然話の矛先を自分に向けられ、肩をすくめる。

「僕は不戦敗で決定さ」

そもそも彼女は、国王か、王太子に引き合わせる目的で呼ばれた娘だ。

大人の男達は皆、そんな相手に手を出せば厄介なことになると理解している。

だがシルヴィオと同じ十五やそこらの少年達は、ふいに現れた十六歳の美しい少女に、一様に心を奪われてしまった。後先を考えず、彼女に恋心を訴えている。

（とはいえ、彼女のほうはまったく相手にしていないようだが……）

当然といえば当然だ。そのへんは父が、よく言いふくめているだろう。

理屈で考えればわかりそうなものなのに、仲間達はシルヴィオの態度が気にくわないようだ。

「あんなにきれいな人を目にして何とも思わないなんて、どうかしてるんじゃないか？」

責める言葉に、軽く笑った。

「好きになっていい相手と、そうでない相手を区別しているだけさ。おまえ達こそ、そんなこともわからないなんてどうかしてる」

「てことはおまえは、好きになっていい相手としか恋に落ちないのか？　そんな頭でっかちなことで真実の愛を見つけられるのか？」

「当主の息子だからこそ、僕は自制を知っている。ちゃんと相手を見定めて、家のために有益な恋愛をする。きれいってだけで骨を抜かれたりはしないよ。おまえ達とちがってね」

「言ったな！」

片目をつぶっての気取った言いぐさに、仲間達は馬上から次々こぶしを見舞ってきた。

それを笑ってかわし、馬を走らせて逃げる。

いつものようにじゃれ合いながら街中を闊歩していたシルヴィオ達の行く手で、その時、ふいに何かが倒れるような大きな音がした。同時に人々の悲鳴が上がる。

仲間達と共に、そちらに目をやった。

「なんだ？」

よく見れば、人垣の向こうで馬車が立ち往生している。片方の車輪が外れ、大きく傾いているようだ。

「あれは……」

仲間のひとりがうめいた。

それもそのはず。馬車の後ろには、よく見知った家紋があしらわれている。

あでやかに花開く、大輪の薔薇。

「ルヴォー家の馬車だ……」

「――――」

吐き捨てるような仲間の声にしばし考え込んだ後、シルヴィオはあえてそちらに近づいていった。

壮健（そうけん）な男なら移動に馬を使う。馬車に乗るのは、女子供か老人と決まっているためだ。

「おい……っ」

「よせよ、関わるな」

背中でそんな制止を受け止めながら馬を下りた。

傾いた馬車に身軽に飛び乗ると、まずは留め金が外れて開いてしまっている窓から中を検める。

「大丈夫ですか？　お怪我はありませんか？」

ひるがえるカーテンをかき分けてのぞきこんだ時、一緒に差し込んだ日の光が、中にいた人物を明るく照らした。

パッと、光が当たった相手を目にした瞬間、シルヴィオは息を呑む。

「――――……」

不安そうな面持ちで見上げてくるのは、自分よりも年下の少女だった。

日曜礼拝の帰りなのか、色味の薄い控えめなドレスを身につけている。その清楚な美しさもさることながら、ひたむきに輝く榛色の瞳に、まず容赦なく胸をつかまれた。

こちらを見てわずかにまつげを震わせる様から、目を離すことができない。

こぼれ落ちそうなほど大きな目が次第に熱にうるんでいくのを――陶器のような白い肌が淡く色づき、花びらのようなくちびるが無防備に開かれるのを、甘い感動と共に見つめる。

「シルヴィオ、どうした？　中はどうなってる？」

仲間の声もろくに耳に入らなかった。

「――……」

ただただ言葉を失い、相手を見つめ続ける。

(こんなに愛らしい少女が、この世に存在するのか……)

シルヴィオは今この瞬間、恋の矢に深々と射貫かれたことを知った。

(まるで天使だ……！)

ほんの数分前に仲間に言い放った言葉を撤回しなければならない。

好きになっていいのか考える時間も、相手を値踏みする余裕もなかった。

真実の愛は、気がついた時にはシルヴィオの心を捕らえていた。くるおしいほどに。

（なんてことだ……）

世界のすべてが造り替えられてしまうような、幸せな衝撃を受け止めながら、逃れることのできない運命に搦め捕られたこともまた理解する。

（相手がルヴォー家の娘だなんて——）

恋を実らせるためには、大きな障壁を乗り越えなければならない。

理性はそんな現実に早くも頭を抱え始めているというのに、心は呆れるほど幸せに浮かれていた。

苦悩の先にこの少女と結ばれる未来があるのなら、どんな苦難にも耐えられる。そんな楽観的な自信と共に、シルヴィオは馬車の中に向けて手をのばす。

おずおずと差し出されてきた少女の手は、華奢(きゃしゃ)な見た目に反して力強く、それをにぎり返してきた。

「何で俺達があんなに悪(あ)し様(ざま)に言われなきゃならないんだ！」

「馬車を直してやって、無事に家まで送り届けてやったっていうのに。礼儀知らずな連中だ！」

「おいシルヴィオ、聞いてるのか？　おまえのせいだぞ！　おまえが余計なことを言い出すから——」

ルヴォー家を後にした仲間達は、シルヴィオを強く非難してきた。わざわざ令嬢の窮地を救い、家まで送り届けたというのに、ゴミを漁る野良犬かネズミのように追い払われたのだ。無理もない。

「すまない……。でもありがとう……恩に着るよ……」

フォンタナ家の屋敷に戻ったシルヴィオは、そんな彼らと早々に別れ、自室にこもった。わけのわからない興奮に胸がいっぱいで、ぼんやりする以外、何もできそうになかったからだ。

頭の中にあるのは、今日出会ったばかりの少女のことだけ。

アイディーリア。

何て美しい名前だろう。春の女神のような彼女にぴったりだ。何度でも呼びたくなる。

（いったい僕はどうしてしまったんだ……）

自分でも首を傾げたくなるほど、おかしい。

彼女と別れてだいぶ経つというのに、まだ眩暈がするような幸福感に包まれ、心臓は大きく波打っている。

家に送るというのは、一秒でも長く彼女を見つめていたいがための口実だった。

直接言葉を交わしたくて——彼女の声を聞きたくて、しつこく話しかけてしまったのは、今思い返すと良くないことだったと思う。

仮にも敵対する家の人間を前にしていたのだ。彼女はきっと警戒し、緊張していたことだろう。

もしかしたら不安がらせてしまったかもしれない。

そう思うと、あの時の自分に少し落ち着けと言いたくなる。

(いや、今だって全然落ち着いてはいないが……)

ベッドの上で、シルヴィオは両手で顔を覆った。

それでもアイディーリアは、健気に答えてくれた。言葉少なではあったものの、シルヴィオの話にちゃんと耳を傾け、応じてくれた。

おそらく義理堅く、礼儀正しい性格なのだろう。

手を貸してくれた相手を、無下にしてはいけないと考えたのかもしれない。

彼女が政敵の家の娘だというのが悔しすぎる。そうでなければ、あの場で交際を申し込んでいたにちがいないのに！

(彼女は僕のことをどう思っただろう……？)

生まれと、両親譲りの恵まれた容姿から、これまで大抵の女性には好かれてきた。

だが――

(よくしゃべる、強引でしつこい男と思われてはいないだろうか。……いや、きっと思われたはずだ！）

自分の分析に、シルヴィオはベッドの上で跳ね起きた。

「いや、そうじゃないんだ！　普段はもっと落ち着いているし、人の都合にも配慮するし、めったやたらに女性に声をかけたりはしない……！」

あれはただ、相手がアイディーリアだったからだ。

それ以外の理由はない。

「あぁ、神様！　もう一度チャンスを……!!」

思わず天にすがったとき、軽いノックの後にドアが開き、ひょこりと妹が顔をのぞかせた。

「お兄様、どうしたの？　ひとりで大きな声を出して……」

シルヴィオと同じ、大きな月白色の瞳を丸くして、首を傾げている。

「あぁ、エウリュディケ。今日、最高に幸せなことがあったんだ。……でも今、最悪の事態なんだ」

五つ年下の妹、エウリュディケは年のわりに利発で、しっかり者だ。

ベッドの上で興奮する様子の兄が、助けを必要としていることを察したのだろう。怪訝そうに近づいてきて、隣りに腰を下ろした。

シルヴィオから話をすべて聞くと、彼女は実に冷静に返してきた。

「要するに、全部お兄様の推測じゃない。これっぽっちも本当のことがわからないわ」

「そうなんだ。僕もそう思う……。だがどうすれば……」

「簡単よ」

頼りなくつぶやく兄の前で、妹はこともなげに言ってのける。

「会って確かめればいいのよ。その相手に、お兄様をどう思っているのか、気持ちを訊くの！」

「無理だよ。門前払いされるのがオチだ」

「それなら夜にこっそり会いに行けばいいじゃない。そうよ、吟遊詩人が恋人を口説く時のように！」

「それは……」

突拍子もない妹の提案を吟味し、シルヴィオは首を振った。

「大変魅惑的な提案だが……、だがもし彼女が僕のことを何とも思ってなかったら非常に……その、迷惑というか……むしろ恐がらせてしまうというか……」

言いながら自分で泣きたくなってくる。

ノリの悪い兄の反応に、妹はさもつまらなそうに鼻を鳴らした。

「お兄様がそんな意気地なしだとは思わなかったわ。わかった。じゃあそのままひとりでウジウジしてればいいじゃない」

腰かけていた兄のベッドから、ぴょんっと飛び降りると、彼女はすたすたとドアまで歩いて行く。そして廊下に出て行きながら、フンと鼻を鳴らした。

「家から出られないその人が、お兄様が来るのを待っている可能性だってあるのに。ばかね！」

⚜ ⚜ ⚜

「僕だよ」

どこか不安そうなその声は、門壁を越えて敷地の外まで枝をのばした大木の、葉で隠れたあたりから聞こえてきた。

よく目をこらせば、今の今まで頭の中でくり返し思い出していた相手が、少しだけ首をのばして顔をのぞかせている。

アイディーリアは息を呑んだ。

「シルヴィオ様……!?」

思わず呼びかけると、彼はシーッと指をくちびるに当てる。

そうだ。見つかっては大変だ。

思わず口を手で押さえたアイディーリアに、彼はそっと訊ねてくる。

「あの……、ほんの少しでいいから、話したいんだけど」

「……ええ」

「そっちに行ってもいい？」

「ええ、……ええ、もちろん……っ」

喜びのあまり声が上ずってしまった。

それを恥ずかしく思っているうち、彼は身軽に枝を伝い、ベランダにやってくる。

やがて三歩ほど離れたところに下り立った相手と、向かい合った。

会いたくて、会いたくて、たまらなかった人と。

「…………っっ」

見つめ合うだけで胸がいっぱいになる。

祈りが通じた。もう一度会いたいという願いを、神様がかなえてくれた！

そんな歓喜を胸に、アイディーリアは想いを込めて彼の瞳を見つめる。

（こんな夜遅くに……人目を忍んで会いにきてくださったということは……もしかして……？）

自分に都合のよい期待が膨らんでしまう。

それを必死に抑えていると、ややあって彼は、ぎこちなく口を開いた。

「色々と……訊きたいことがあって来たはずなんだけど、もうどうでもいい」

立ちつくしたまま、彼は言った。

その声は、あふれ出す想いに喘ぐかのようで、アイディーリアの心臓が忙しなく鳴り出す。

不安で不安でたまらなかったけれど、今、答えを見つけたような気がする。

おそろしいほど真摯な月白色の瞳の中に。

はたしてシルヴィオは、泣きそうな顔でささやいた。

「会いたくて会いたくてたまらなかった、アイディーリア」

「わたしも……。まさに今、そう思っていたところです……」

互いの眼差しの引力に吸い寄せられるように、二人は自然に近づいた。

あと半歩の位置まで近づくと、彼は情熱的な眼差しで、しげしげと見つめてくる。

「今日初めて会ったばかりだけど、とてもそう思えないんだ。もっとずっと前から、君を知っていたような気がする。もうずっと長い間、君に恋い焦がれてきたような気がする」

恋、と彼の声で言われた瞬間、アイディーリアの胸を歓喜が貫いた。

「あぁ、嘘みたい……！」

「アイディーリア？」

「わたしもです。わたしも、ずっとあなたに恋い焦がれてきたような気がします。それなのに、すぐに別れなければならなくて……。あなたを見送ってから、一瞬が一日のように感じました。とても長くて、虚しくて、……さみしくて……っ」

皆まで言わせず、シルヴィオはアイディーリアの手を取った。

初めは遠慮がちだった手に、次第に力が込められていく。

たったそれだけで、アイディーリアの心臓は速く、高く、波打った。

「シルヴィオ様……っ」

途方もない幸せを感じて目をつぶる。

彼はしぼり出すようにささやいてきた。

「君は、神が僕のために用意された女性だ。ひと目見て心を奪われたのは、そのせいだ」

「わたしも、ひと目で確信しました。あなたこそが運命だと……」

情熱的な言葉に同じだけの想いを込めて返すと、彼はさらにひたむきに続ける。

「君が美しく花開く前に僕と出会ったことにも意味があるにちがいない。誰にも渡しはしない。毎晩、訪ねてくるよ。毎日花を贈ろう。君の心をつなぎとめるため、僕にできることは何でもする。だから……僕を見限らないでくれる？」

「ええ」

必死に言葉を紡ぐ彼が、愛おしくてたまらない。

「結婚できる歳になるまで――その後も永遠に、わたしの心はあなたのものです。シルヴィオ様」

間近で見つめ合い、昂ぶる気持ちのままに愛をささやき合う時間は、なんと幸せなのだろう！

甘い心地に酔いしれていると、シルヴィオがためらいがちに切り出してきた。

「出会ったばかりでこういうことを言うのは、気が引けるんだけど……抱きしめてもいいかい？」

「……えぇ」

小さくうなずいたアイディーリアに、彼はそっと手をまわしてくる。

おずおずとした抱擁を受けた瞬間、えもいわれぬ感動が身を貫いた。

泣きたいほど感激したのは、アイディーリアだけではなさそうだ。

シルヴィオは熱に浮かされたように、ふるえた声でささやいてくる。

「僕が今、どれだけ幸せか、きっと君には想像がつかないと思うよ……」

「それはわたしも同じです」

見つめ合い、ほほ笑みを交わす。

出会えたことへの感動と、感謝と、幸福を伝え合うように。

甘い逢瀬の時間は、出会ったばかりの恋人達を夢中にさせ、長い夜を忘れさせたのだった。

一章　惨劇の日

「アイディーリア。夕食の後、部屋に来なさい」
父のそんな言いつけに従い、アイディーリアは食事の後、当主の書斎に向かった。
屋敷の廊下を歩きながら、何の用かと考えてみる。
とうとう姉と王太子との婚約が決まったのだろうか。
噂によると王太子は姉に夢中のようだし、近々そうなるのではないかと思っていた。
(——なんて、平和な話ではないでしょうね……)
ふぅ、と重いため息をつく。
きっと昨日の事件に関することだろう。
昨夜、アイディーリアの父は王宮から屋敷に戻る途中で、暴漢の襲撃を受けたのだ。
父は護衛に守られながら何とか逃げのび、軽い怪我ですんだものの、一緒にいた叔父が暴徒に囲まれ、十箇所近く刺される深手を負った。

叔父のマティスは、ルヴォー家の出身でありながら、貧民の救済に身を捧げる修道士である。

ほんの少年の頃から、見目が良く善良な御曹司だと市民の人気も高かったため、街中でも大騒ぎになっているようだ。そもそも丸腰の修道士を刺すなど、信じがたい暴虐(ぼうぎゃく)である。

(まったく……。どうしてそんなことを……)

夜陰に乗じての攻撃は、血気(けっき)にはやったフォンタナ家の若者たちによるものだったらしい。

アイディーリアは、意を決してドアをノックした。

「お父様」

「入りなさい」

樫材(かし)の重いドアを開いて中に入ったアイディーリアは、豪奢(ごうしゃ)なソファに腰かけた父の前に進む。

包帯でも替えたのか、わずかに薬品の匂いがした。

「お父様、お怪我は……?」

「私は大丈夫だ」

そう言ったきり、父は口を閉ざす。

自分の代わりに重傷を負った弟を心配しているのだろう。

父と叔父は仲の良い兄弟だ。歩むべき道はちがっても、父は弟に目をかけている。

その心痛を思いながら、アイディーリアはおずおずと切り出した。

「あの……シルヴィオが……、深い哀しみに言葉もないと……」

そのとたん、父は忌まわしげに眉根を寄せる。

「よくもそんなことが言えたものだ」

「お父様！」

「……わかっている。あの少年のつらい立場はわかっている。だが……！」

父は、ソファの肘掛けをこぶしでたたいた。

シルヴィオと出会ってから、そろそろ一年が経つ。

アイディーリアはその間ずっと、彼と結婚したいと父親に訴え続けた。

初めは聞く耳持たずだった父も、あまりにもしつこい娘の懇願に負けたのか、最近は以前ほど強硬に反対しなくなってきた。時々、シルヴィオについて話を聞いてくることもあるくらいだ。

昨夜の事件は、その矢先の出来事である。

「マティスがこんなことになったのだ。やはりあの少年とおまえとの仲を認めるのは難しい」

重々しい言葉に、アイディーリアはすがりつくように首を振った。

「そんなことを言わないで、お父様！　お願いです」

「だが、向こうがこうも攻撃的では――」

「ルヴォー家の者だって先月、フォンタナ家の若者に集団で暴行を加えたではありませんか」

「あれはバカな若造どもが酔っ払って羽目を外しただけだ」

「昨夜の事件も同じです……っ」

「何が同じなものか！　明らかに計画的な襲撃だったんだぞ」

激昂する父の前にしゃがみ、アイディーリアは父の膝にとりすがる。

「あれは過激な若者達が暴走した結果だそうです。フォンタナ家の当主やその周囲は一切関知していなかったとか……」

「そんなバカな話があるか！」

「本当です。事実、この事態を重く見たフォンタナ家では、明日にでも親族を集めた会議が開かれるそうですから」

「……親族会議？」

「ええ、昨夜の事件の対応を話し合うための会議です」

「確かなのか？」

「はい。本日、フォンタナ家の当主から主要な親戚達へ、使いが送られたそうです。明日、本邸で対策を話し合う会議を開くと」

詳細に説明すると、父は少しだけ落ち着きを取り戻した様子で鼻を鳴らした。

「仮に知らなかったにしても責任は免れ得まい……」

怒りをにじませてつぶやき、重いため息をつく。

そして必死に自分を見上げる娘の頭に手を置き、口惜しげにつぶやくのだった。

「アイディーリア。おまえにもベアトリーチェのような計算高さや野心があれば、どんなによかったか……」

翌日。

アイディーリアは、親戚を訪ねるふりで侍女のハンナと共に屋敷を抜け出し、ルヴォーレ家、フォンタナ家のどちらとも縁のない、街外れの教会に向かった。

シルヴィオが見つけた密会場所のひとつである。

共にこの都どころか、国中に大きな影響力を持つ両家と縁のない場所を探すのは困難だったが、そういう所でなければすぐに互いの家へ連絡が行き、妨害を受けることは目に見えている。

また人目が多い場所も論外だ。人々の噂になれば、両家とも体面を考え、密会を妨げる手を打つだろう。

そのため、シルヴィオもアイディーリアも、慎重に慎重を期して逢瀬を重ねていた。

名もない教会とはいえ、側廊(そくろう)には小さな祭壇(さいだん)があり、聖人が祀(まつ)られている。

そこが、今日シルヴィオが指定してきた待ち合わせ場所だった。

しかし――いつも先に来て待っているシルヴィオの姿が、今日は見えない。

「すぐに来ると思うから、少し離れたところにいて」

そう言うと、腹心の侍女は心得た顔でうなずき、去って行く。

それを見送るアイディーリアの胸は、実のところ不安でいっぱいだった。

(もしかして……)

両家を巻き込んだ大きな事件が起きた後は、いつも心細くなる。

今度こそ、彼はこの関係を続けることの難しさに心が折れて、あきらめてしまうのではないか。あるいは周りに説得されて心を変え、アイディーリアとの関係そのものに価値を見出さなくなるのではないか……。

「そんなのいや……!」

石壁に囲まれた、せまく薄暗い小部屋で、アイディーリアは祭壇に向けて膝をつき、必死に祈った。

（シルヴィオ……お願い。どうか……どうか、家のためにわたしを捨てたりしないで。両家のためにもわたし達は結ばれるべきなの！　…いいえ、そんなのは口実。ただ、あなたが好きなの。大好きなの。あなたのいない世界なんて、お日様のない夜の世界も同じ。わたしの心は枯れて死んでしまう……！）

焦燥に胸を灼かれながら、どのくらい祈っていたのか——

ふいに、聖堂の静寂に遠慮するような小さな声が、背後で響く。

「アイディーリア……？」

「——」

ふり向けば、汗だくで、大きく息を乱したシルヴィオが、祭壇のある側廊の入口に立っていた。

優しくこちらを見つめる月白色の瞳に、自分と同じ情熱がまだ残っているのを感じ、アイディーリアは涙が出るほど安堵する。

「シルヴィオ……」

そう言ったきり、にじんだ涙を隠そうと両手で顔を覆う。

彼はハァハァと荒い呼吸のまま近づいてきて、そんなアイディーリアの腕を支え、ゆっくりと立たせた。

「ごめんよ。例の会議のせいで、屋敷をこっそり抜け出すのに手間取って…。客が多くて、どこに目があるかわからなかったから、馬も出せなかったんだ。それで走ってきたんだけど……、すっかり遅くなってしまって……」

「シルヴィオ――」

そんなにも大変な思いをして会いに来てくれたのか。

アイディーリアは涙を浮かべて彼を見上げた。

「シルヴィオ、わたし……あなたに話さなければならないことが……」

「なんだい？」

「その……」

ルヴォー家の当主は――アイディーリアの父は、弟の負傷にひどく心を痛めている。そして二人の交際を認めるのは難しいと、改めて言われてしまった。なんとか父に認めてもらおうと、いつも懸命に頑張っているシルヴィオは、きっと気落ちするだろう。

(せっかく必死にここまでやってきてくれたのに……)

そんな苦悩に口ごもっていると、彼はしびれを切らしたように、おそるおそる口を開いた。

「……まさか……別れ話……？」

「ちがうわ！」

予想外の問いに、アイディーリアは即座に首を振った。

そのとたん、シルヴィオは情けないほどホッとした顔を見せる。

「よかった……！」

端正で落ち着いたいつもの雰囲気からは想像もつかない様子に、アイディーリアはついつい見とれてしまった。

(こんな顔もするのね……)

ぽーっとしていると、彼は気を取り直すように訊ねてくる。

「ね、抱きしめてもいいかな？」

「ここで？　ダメよ……」

仮にも教会の中である。恋人として振る舞いたいのなら、せめてこの聖堂を出なければ。

きまじめに応じたアイディーリアを、しかしシルヴィオは、その場でふわりと抱きしめてきた。

そして耳元で切なげにささやいてくる。

「ごめん。聞こえなかった」

「——……っっ」

心臓に悪い不意打ちに、アイディーリアは硬直した。

真っ赤になって立ちつくすも、解放してくれる気配はない。

やがて、すっぽりと包み込むような腕に、次第に力がこもってくるのを感じると、アイディーリアもおそるおそる彼の背に手をまわした。

　ぴったりと密着する体温と鼓動に、目がくらむほどの幸せを感じる。

　胸を灼く恋の炎は、出会ったばかりの一年前と少しも変わらない。それどころか、ますます激しく燃え上がるばかり。

（とはいうものの……）

　強く抱きしめてくるシルヴィオの鼓動は、いつもより忙しなかった。彼も不安なのだろう。

　何しろルヴォー家とフォンタナ家との確執は、一年前よりも深まっている。

　ややあって、シルヴィオは苦しげに口を開いた。

「……状況は深刻だ。一触即発と言っていい」

　一族の跡取りとしてその渦中（かちゅう）にある彼は、身をもって危機的な状況を感じているはずだ。

　重い口ぶりから苦悩が伝わってきた。

「ルヴォー家は、王宮に捕らわれている犯人たちを引き渡せと、国王陛下に矢の催促（さいそく）をしているらしい。こちらとしては渡さないよう陛下にお願いする他ないが、あの事件がフォンタナ家の思惑であったように見られるのも避けたいとあって、対応について意見が割れている」

「ええ……」

「そもそも被害に遭われたマティス殿は、長年街のために尽くしてきた人望厚い修道士。そんな人物に危害を加えるとは何事かと、市民からの抗議が我が家に殺到し、動揺している者も多い」

「あの事件が、フォンタナ家の方々の望むものではなかったことは、わかっているわ」

「ありがとう。君にだけでも、そう言ってもらえるとホッとする……」

「街の人達も、そのうちわかってくれるわよ」

慰(なぐさ)めようと発した言葉に、彼は沈痛な面持ちで首を振る。

「そもそもフォンタナ家は近年、単独で隣国に休戦を申し入れたことが暴かれ、国中から売国奴のそしりを受けたばかり。あまりにも時期が悪い」

「でもそれは国王陛下の密命で――」

「密命だからこそ釈明(しゃくめい)できない。おまけに秘密を暴露したのはルヴォー家だ。ルヴォー家への報復を望む強硬派は過激になる一方。ろくに相手の話も聞かず、何の会議だか」

「シルヴィオ……」

「ほんの少しでも、君に会えてうれしいよ。こうしていると、あらゆる苦しみを忘れられる……」

彼はアイディーリアを抱きしめる手に力を込めた。しかし、隙間なく抱きしめ合っても不安は消えない。

肩口に顔をうずめ、彼はくぐもった声でつぶやく。

「……自分の無力さに打ちのめされる」

「わたしもよ」

この恋を成就させようと、日々周囲に訴えているにもかかわらず、無下に退けられ続けている。

彼は暗い声で告げた。

「父はルヴォー家の娘との婚姻など絶対に許さないと息巻いている。母と妹は僕に同情的だが、父に逆らうことはできない」

「お母様によろしくお伝えして？」

「もちろんだ。母も君のことを心配していた」

「ありがたいわ」

シルヴィオの母親とは、この教会で何度か顔を合わせている。愛する人を紹介したいという、息子の求めに応じてくれたのだ。

シルヴィオに似て美しい面差しの、穏やかで優しそうな人だった。敵対する家の娘であるアイディーリアにも親しみを込めて声をかけてくれた。

アイディーリアは母親を病で亡くしているので、あんな人が義母になってくれればうれしいと感じた。

シルヴィオの妹のエウリュディケにしても同じ。

年下と思えないほどしっかり者の少女は、アイディーリアのことをすぐに慕ってくれた。

(それに比べてわたしの家族は……)

アイディーリアは憂鬱(ゆううつ)な気分で返す。

「わたしの父は……一年かけて説得して、このところ少し態度が軟化していたのだけど……昨日、やはり交際を認めるのは難しいと言われたわ」

「無理もない。あんな事件が起きては——」

「シルヴィオのことをよく訊いてくるようになったのよ。だから色々と話したわ。少しでも印象が良くなればと思って……」

「そうか」

「でもやっぱり、今は親戚達の反対が強くて……」

何とか両家の対立を解消し、仲を取り持ちたい。この一年、そのための努力を続けた。

しかし厳しい現実は、そんな二人の願いをあざわらうかのように、悪い方向にばかり進んでいく。

「愛してるわ、シルヴィオ。愛してる……それだけなのに——」

「僕もだ、アイディーリア」

シルヴィオは真正面からほほ笑みかけてきた。

「必ず結婚しよう。僕らの愛で両家の不和という氷を溶かして、ひとつに結びつけるんだ」

「えぇ」

アイディーリアも笑ってうなずく。

「一生傍にいるわ。絶対に離れたりしない」

「あぁ、ずっと一緒だ。死が二人をわかつまで」

互いに見つめ合い、つかの間の甘い時間に浸っていると、ふいに表のほうが騒がしくなった。

「……どうしたのかしら?」

「見てくる。ここにいて」

そう言い置いてシルヴィオが外に出ようとした時、向こうからフラフラと人が歩いてきた。

顔見知りのフォンタナ家の従者である。

「若様……っ」

従者はそこで力尽きたように倒れた。背中が血まみれである。どうやら背後から斬られたようだ。

シルヴィオが従者に駆け寄る。

「どうした⁉　しっかりしろ！」

「お、お逃げください、若様……っ。早……く……！」

それだけ言うと、従者は息絶えた。

離れたところにいたハンナも、異変を察して出てきた。血まみれの遺体を目にして、彼女は悲鳴を上げる。

「おっ、お嬢様……！」

アイディーリアは駆け寄ってきた侍女のハンナと抱き合った。

と、教会の外から怒声が聞こえてくる。

『フォンタナ家の者どもを血祭りに上げろ‼』

『マティス様が死んだ！　仇を取れ！』

怒りと憎悪に満ちた怒声に、ハンナと共にふるえ上がる。

「いったい何が……っ」

周囲に視線をめぐらせた時、聖具室から司祭が姿を見せた。

「フォンタナ家の若君――」

「何が起きているのですか」

シルヴィオの問いに、司祭は困惑を交えて答える。

「ルヴォー家ご当主の弟君にして修道士のマティス様が、先ほど亡くなったそうです。激昴した市民達が、フォンタナ家の者を討てと気炎を上げています。どうかお逃げください」

「市民達が……？」

ルヴォー家の者達が怒るなら理解できる。だがなぜ市民達が、フォンタナ家を攻撃しようとするのか。

腑に落ちないのはアイディーリアも同じだった。

しかし彼の判断はすばやかった。緊張に青ざめながらも、アイディーリアとハンナとを司祭のもとに連れて行く。

「司祭様、ルヴォー家の令嬢と、その侍女です。頼みます」

「シルヴィオ……！」

呼び止めるこちらに向け、彼は安心させるように微笑を浮かべた。

「落ち着いたら、また会おう」

その言葉尻に、聖堂のドアを開ける音が重なった。わめきながら人々が大勢なだれ込んでくる。

シルヴィオは裏の出口に向けて走り出した。

「シルヴィオ……！」

「いけません、お嬢様！」

追いかけようとしたアイディーリアに、ハンナがとっさにヴェールをかぶせてくる。

「こちらへ」

司祭が、側廊にある目立たない祭壇へと二人を連れて行った。

逃げるシルヴィオを追いかけて群衆が聖堂の真ん中を走り抜けていくのを、ぼう然と眺める。

否。街の人々だけではない。先頭にいるのは兵士達のようだ。

神聖な礼拝堂に、武装した兵士が押し入ってくるなど尋常ではない。

「これは……いったい……」

「わからないわ……」

ハンナと身を寄せ合いながら、何かただならぬことが起きているという、不穏な空気をひしひしと肌で感じる。

それでもアイディーリアは、この時まだ気づいていなかった。

シルヴィオが教会から出て行ったきり、行方がわからなくなり、死んだと思われてしまうこと。

その日が、自分にとっての幸せな少女時代の終わりになるのだということを。

その日、王都では後世まで歴史に残る大事件が起きた。

ルヴォー家当主の弟を襲撃したかどによって捕らえられたフォンタナ家の者が、尋問吏に衝撃的な証言をしたことに端を発した狂乱である。

曰く、フォンタナ家は周辺諸国と通じて長年この国の施政に手心を加え、異国に便宜をはかることで私腹を肥やしてきた。今回の事件は、それを阻止しようとしたルヴォー家当主を、暗殺という卑劣な手段を用いて黙らせようとした結果であった――

拷問を含む尋問の結果、若者達はそう告白した。

それを聞いたルヴォー家の当主は、無残な形で命を落とした弟の棺の前に立ち、フォンタナ家の売国行為を高らかに糾弾した。街の人々もまた、高貴な生まれでありながら貧しい人々に尽くした修道士の死を深く悼み、フォンタナ家に押し寄せて非難の声を上げた。

しかし門前に出てきたフォンタナ家の当主は、よりにもよって事件はルヴォー家の陰謀であり、王太子と組んで宮廷を私物化しようとしている国賊はルヴォー家のほうだと、民衆へ訴えたのである。

その瞬間、どこからともなく当主に向けて石が投げられた。

それが事件の引き金となった。

厚顔無恥なフォンタナ家への報復を呼びかける叫びや怒声が上がり、それに扇動された市民達は、親族会議を開いていたフォンタナ家の本邸や、一族郎党の屋敷になだれ込み、相手かまわず襲いかかった。

たった一日で百名近くが首を絞められ、窓から吊るされるか、外に引きずり出され、路上で処刑されたのである。

まれに見る流血の惨事はほどなく収まったものの、その日をかろうじて生き延びた者も、見つかれば逮捕され苦役につかされるか、異国へ売り飛ばされるかの、どちらかの末路をたどることになった。

数百年の長きにわたり続いていた、ふたつの家の熾烈な政争は、こうしてルヴォー家の圧倒的な勝利によって幕を下ろした。

またその勝利に、自分がシルヴィオから聞いて父に伝えたフォンタナ家の様々な情報が大きく貢献していたことを、アイディーリアはのちに――シルヴィオが行方不明となり、遺体の発見には至らなかったものの死亡の手続きが行われ、フォンタナ家の断絶が決定的となった頃に、父との雑談の中で知らされ、その場で昏倒したのだった。

二章　再会がもたらす受難

夕暮れ時、赤みを帯びた日の光が、街道をはさんで見渡すかぎり続く畑を照らしていた。ぽつぽつと建つ人家以外に何も見当たらない風景からは、何百年も変わらない人々の営みが感じられ、目にするたびにホッとする。

「ここでけっこうです」

アイディーリアは、そう言ってガタガタと揺れる辻馬車から降りた。

「助かりました。ありがとう」

礼を言うと、馬に跨がっていた御者は相好をくずす。

「いやなんの。お役に立てて神様も喜んでくださる」

乗るときにお金を払おうとしたところ、アイディーリアが身につける服を目にした御者は、無料で乗せてくれたのだ。

飾り気のない灰色の外套に、髪の毛を隠す白いヴェールは、修道女かそれに準ずる者の証である。

馬車を見送ったアイディーリアは、街道を少し歩いてから横道に入った。

畑の間を縫って延々と続く細い道。目指す先には、人家よりも大きく古い建物がひとつ佇んでいる。この土地で何百年も続く女子修道院だ。

どこまでも続く畑と菜園は、真ん中を貫く大きな街道を除いて、すべてその女子修道院の土地だった。周囲には籠や麻袋を手にした修道女の姿がちらほら目につく。

そのうちのひとり、同じ歳のリリアが、作業具を手に横道に出てきた。

「おかえりなさい。また院長のお使い？」

「ええ」

「いつもいつも遠くまで大変ね」

「大したことないわ。あちこち行くのはきらいじゃないし」

自給自足で暮らす修道院には様々な仕事がある。

運営に関する手紙や、口頭での相談を各方面に届けるのも、そのうちのひとつだった。ある程度行儀作法を身につけている必要があるため、アイディーリアは重宝されている。

出自が出自なのだから、そんなことはしなくていい。聖堂で祈禱をするだけでかまわない。そんな意見もあるものの、アイディーリアは自分から進んで仕事を求めた。

苦労の多い労働に従事するのは望むところだ。そのために来たと言っても過言ではない。アイディーリアが修道院の門をくぐったのは、一生かかっても償いきれない、深い罪の意識を抱えてのことなのだから。

(シルヴィオ――)

その名前は、今もアイディーリアのすべてである。

あ、あの事件が起きてから五年。心は彼を失った傷に抉れ、いまだに生々しい血を流し続けている。

事件の後は、しばらくぼう然自失で泣いて暮らした。

月日が経っても苦しみは決して癒えることがなく、彼のいない現実を受け入れることができなかった。

ぽっかりと世界に穴が空いてしまい、誰といても、何をしていても、ただただ悲しい。息が止まるほど悲しいのに、心臓も呼吸も止まることがない。それがいっそ不思議なほど。

自分を取り巻くあらゆる現実が煩わしく、死ばかりを見つめていることに気づいた時、自分でもこのままではいけないと感じた。そして俗世の暮らしを捨てることを選んだのだ……。

「どうしたの?」

リリアの声に、アイディーリアは物思いから我に返った。

「……いいえ。何でもないの」

反射的に首を振ると、彼女は小首を傾げる。

「あなたはよくそんなふうに、ここではないどこかを見ている目をするわね」

「そう？」

「自覚がないの？　とてもさみしそうよ」

「そんなつもりはないのだけど……」

「ここでの暮らしがつらい？」

「まさか！　その逆よ。一生ここで暮らしたいと思っているわ」

力を込めて返すと、リリアはうれしそうに笑った。

「よかった！　今夜の夕飯はきっとおいしいわよ。寄付で塩をたくさんもらったんですって」

「それは楽しみね」

アイディーリアも相手に微笑を向ける。

意識して作ったほほ笑みだ。

五年前の事件以来、アイディーリアの心は常に深い悲しみに閉ざされている。

それでも修道院の暮らしには心の平安があった。口論すら起きることはまれであり、争い、いがみ合う人間もいない。

（それだけで充分。お金も権力もいらないわ……）

シルヴィオを悼んで静かに生きることができれば、それでいい。

そう願うアイディーリアにとって、ここでの生活は心地の良いものだった。

「ねぇ、あれはなに……？」

リリアがそう言ったのは、あと少しで修道院の門に着くという時である。

畑の向こう――地平の彼方から、大勢の人の姿が現れたのだ。眺めている間に何やら物々しい音も聞こえ始め、少しずつ近づいてくる。

畑にいた修道女達が見守るなか、土煙をまとって現れたのは、整然と進む軍馬の一団だった。数百か、もっといる。

一団の掲げる軍旗は隣国メディオラムのものだった。いやな予感がする。

「リリア、中に入って」

アイディーリアは警戒を込めてつぶやいた。

この国はメディオラムと長いこと戦争を続けている。

時にこちらが勝ち、時に向こうが勝ちと、領土や権益をめぐってたびたび戦火を交える状態が、歴史的に続いているのだ。確か近年も国境で深刻な衝突があったはず。

（こんなのどかな土地で何かするとも思えないけれど……）

そう考えて不安をなだめた、その時。

ふいに助けを求める女の声が上がった。

見れば、畑にいた若い修道女見習いが、一団の中の不届き者にちょっかいを出されているようだ。

アイディーリアはすぐに問題が起きているほうへ走った。

「おやめなさい！」

鋭く制止し、こちらに逃げて来た修道女見習いを抱きとめる。

「狼藉は許しません！　わたし達は神に仕える身ですよ！」

後を追ってくる男達に向け、臆せず声を張り上げると、男達ははやしたてるような口笛を吹いた。

「神様より人間と付き合うほうがイイ思いできると思うけどねぇ！」

下卑た笑い声がそれに続く。

アイディーリアは取り合わず、身をすくませる仲間の少女の肩を抱いて修道院のほうへ歩き出した。

その時、行列の中から騎馬がひとつ進み出てくる。

「おい、つまらない真似をするな。列に戻れ」

男達に向け、無造作に指示する声を耳にした瞬間、アイディーリアは榛色の瞳を大きく瞠った。

「え……?」

思わずふり向く。

その先で、予想もしなかったものを見つけ、さらに目を丸くした。

「まさか……」

騎馬で近づいてきた男は、黒い軍服の上に臙脂(えんじ)色の外套をまとっていた。

思わずひるんでしまいそうになる険しい雰囲気とは裏腹に、小作りの顔は女性的と言ってよいほど整っている。そして特徴的な月白色の瞳——。

一度目にすれば忘れられない秀麗な容貌を、アイディーリアは食い入るように見上げた。

見まちがえるはずがない。

「……シルヴィオ……?」

ぽつりとつぶやくと、相手は銀の髪を揺らしてこちらをふり向く。

「その声……」

怪訝そうな問いに、アイディーリアは我に返った。

昔と違い、灰色の質素な外套を身につけ、榛色の長い髪は古びたベールで覆い隠している。ふるえる手でベールを外し、髪を結っていた紐をほどくと、榛色の長い髪が肩に流れ落ちた。

これでわかるはずだ。——期待を込めて見上げると、相手は驚きに目を瞠った後、しばらくしてからニヤリと口の端を持ち上げた。

「これはこれは……誰かと思えば、ずいぶんなつかしい顔じゃないか」

（——え？）

まるでならず者のような物言いに目を瞬かせる。

物言いだけではない。

まじまじと注がれる視線が、自分の顔ばかりではなく、胸のふくらみにも注がれているのを感じ、とまどった。

「シルヴィオ……？」

顔は彼にうりふたつ。だが中身はまるで別人のようだ。彼にはこんなふうに、好色で粗野な一面などなかった。

（人ちがい？　いえ、でもこんなに似ているのに……まさか……）

困惑しているうち、男はまっすぐにこちらを見つめたまま、馬を下りて近づいてくる。

「アイディーリア、久しいな。少し見ない間にいい女になった」

「……………」

「まさか、こんなところで会うとは……。やはり俺達の間には特別な運命があるようだ」

悠然と歩き、目の前に立った男は、五年前よりも背が高くなり、ひとまわりどころではなく立派な体格になっていた。

優しさや穏やかさなど、育ちのよさを思わせるものはきれいさっぱり消え失せ、その代わり自信に満ちた威圧的な雰囲気をまとっている。

アイディーリアはふたたび確かめずにいられなかった。

「シルヴィオ、よね……？」

と、彼はおかしそうに笑う。

「どうした？　俺を忘れたのか？　おまえ達が滅ぼした一族の跡取り息子を」

「それは……」

「あぁそんな顔をするな」

シルヴィオはわずかに肩をすくめた。

「今の俺は、おそらくおまえ達が思ってる以上にうまくやっているしな」

「……あの後、どこへ……？」

「あちこち逃げまわって、気がついたらメディオラムの田舎町でふらふらしていた。そこで知り合った軍人に軍隊に引っ張り込まれ、手柄を立てて、宮廷に上がったんだ。おかげで大忙しさ」

「そうだったの……」

軽く話しているが、おそらく多くの苦労があったことだろう。それを思えば、この変容にも納得がいく。

様々な思いを呑み込み、アイディーリアは心を込めて伝えた。

「もう一度会えるなんて思わなかった。無事でよかったわ。本当に……！」

涙をにじませて見上げていると、彼は無遠慮にこちらの顎をつまんで持ち上げた。

「……おまえは変わらないな」

「なにを――」

粗野な振る舞いに、わずかに眉根を寄せる。

大変な苦労を経たことは想像に難くないが、今の彼に、自分の知るシルヴィオと重なるところはひとつもない。

思いがけぬ再会の感動が落ち着いてくると、別人のような相手への警戒心がむくむくと生じてきた。

それでも彼の瞳に吸いついて離れない自分の目線を、無理やり引き離すようにして顔を背け、顎にふれる手から逃れると、アイディーリアは一歩距離を取る。

自分と彼の道は分かれてしまった。もう二度と重なることはないのだ。

「呼び止めてごめんなさい。わたしはそろそろ戻らないと。……この先の道中も、どうか気をつけて」

礼儀正しくも隙を見せずにそう言い、踵（きびす）を返そうとしたところ、後ろから腕をつかまれる。

「待て。ここで再会したのも神の思し召しだろう。このまま俺と来ないか？」

言葉は訊ねていだったが、口調はまるで命令のようだ。事実、彼はつかんだ腕を有無を言わさず引き寄せる。

「いや、一緒に来い。昔、将来を誓い合った仲じゃないか」

「今さら無理よ。放して……っ」

逃れようともがいたものの、腕をつかむ手はびくともしなかった。

「なぜ？」

「見ればわかるでしょう？　わたしは俗世を捨てたの。一生、この身を神に捧げて生きるつもりよ」

と、彼の手にぎゅっと力がこもる。

「それは俺よりも大事なものか？」

「…………」

あまりに傲慢な質問に絶句してしまう。

開いた口がふさがらないとはこのことだ。

「当たり前よ！」

毅然と応じると、月白色の瞳がすぅっと冷えていく。

「ハ……ッ。なんだ、前よりも生意気になった――」

そう言って、口づけるように顔を近づけてきた相手を、アイディーリアは渾身の力で平手打ちにした。

頬を打つ音が高く響き渡る。

「放してって言っているでしょう!?」

怒鳴りつけると、続々と街道を進み行く軍馬の一団から、笑い声や、冷やかす声が上がった。

「……いい一撃だ」

シルヴィオも頬を押さえて苦笑する。

「だが男を退ける方法として、これは最悪だ。相手を余計に夢中にさせる」

「見損なったわ！　こんな人になってしまったなんて――」

虚勢を張るアイディーリアを、彼はせせら笑う。

「そうか。だがこんな人でも一国の使節の長でね。俺への平手打ちは高くつくぞ」

まばゆい銀の髪の合間からこちらを見下ろす目は、まるで獲物を見る獣のよう。

「そういえば神に仕える女を落としたことは、まだなかったな」

笑みまじりのセリフに気圧されたアイディーリアは、物も言わずに踵を返して逃げ出した。

懸命に走るその背中に、彼は追い打ちをかけてくる。

「今は逃げるがいい。だが覚えていろ――いずれ必ず俺のものにしてやる！」

運命を宣告するかのように、声はどこまでも追いかけて来た。

「おまえを俺のものにしてやるからな、アイディーリア！」

(シルヴィオ。生きていた……！)

修道院に戻ったアイディーリアは、あふれ出す感動に両手で顔を覆い、その場にくずれ落ちた。

ここでの毎日の祈りが天に届いたのだ。こんなに嬉しいことはない。

(……まさか本当に生きていてくれたなんて……！)

感激で胸がいっぱいになる。

目にした姿を思い返し、興奮にふるえる手を胸の前でにぎりしめた。

立派になっていた。驚くほど精悍な軍人だった。

(自分のことを俺なんて呼んで……)

苦労をしたせいか、中身はだいぶ昔と変わってしまったようだけれど。

『いずれ必ず俺のものにしてやる！』

たたきつけられた言葉に心が甘くふるえる。そんなことがあってはならないと、つよく自分を戒める傍から淡い喜びがにじみ出す。

しかしそれも詮ないこと。

彼はあんなことを言っていたが、どんな理由があれど修道院は神聖不可侵の場所だ。終生を神に捧げたいという本人の意思を無視して、引きずり出すことなどできるはずがない。

現実に目を向け、自分の立場を思い出しながら、アイディーリアは立ち上がった。

彼は生きていたのだとしても、五年前に多くの命が失われたことにちがいはない。哀れな犠牲者のため、この先ずっと祈り続ける。——そう選択した自分の未来に変わりはないのだから。

そのまま自室に戻り、何事もなかったように日課をこなす。祈りを捧げ、聖書を読み、自分に割り当てられた仕事をこなす。

いつもと同じ一日を心穏やかに過ごすうち、シルヴィオとの思いがけない再会で波打っていた気持ちも、次第に落ち着きを取り戻していった。

しかしその矢先、新たな心配事が起きる。

翌日の午後、修道院の院長がわざわざアイディーリアのもとまでやってきて、難しい顔で告げたのである。

「王宮より、急ぎの使者が来ました」

「王宮から？」

「お姉様が急なご病気で倒れて危篤状態なのだそうです。表で馬車が待っていますから、行ってさしあげなさい」

「え……!?」

アイディーリアは驚きの声を上げた。

（病気って……あのお姉様が？）

これまでずっと健康そのもの。病気ひとつしたことのない人である。にわかには信じがたい。

思わず見つめ返すと、院長は思い詰めたような暗い顔でうなずいた。

もし本当に危篤というのなら、見舞いに行かないわけにもいかない。

「……お許しをいただけるのでしたら、今すぐに向かいます」

「かまいません、お行きなさい」

自分よりも院長のほうが緊張している様子に、少しだけ違和感を覚えた。

おまけに去り際、彼女は強い力でアイディーリアの手をにぎり、「神のご加護を」と祈る。

（もしかして……お姉様は本当にご容態が優れないのかしら……？）

不安になったアイディーリアは、急いで自室に戻って外套をはおり、とるものもとりあえず使者が用意した馬車に乗り込んだ。

心配に胸をくもらせて揺られるうち、馬車は一時間ほどで王都に入る。

にぎやかな街の様子は昔と少しも変わらなかった。なつかしいものの、どうしても五年前のことを思い出してしまい、気分が重くなる。

五年前――フォンタナ家に勝利したルヴォー家は、この国で栄華を極めることになった。姉のベアトリーチェは王太子の妻に迎えられ、夫が国王に即位した今は、王妃として宮廷に君臨している。

国王は姉を伴侶として信頼しているらしく、その権勢はルヴォー家の当主をも凌ぐほど。彼女はアイディーリアにも、政略の駒として大貴族に嫁げば一生不自由しないと言ってきたものの、アイディーリアはその言葉に首を振り、修道院の門をくぐった。

知らなかったとはいえフォンタナ家に対して罪を犯した。――日毎膨らんでいくその意識に、どうしても耐えられなかったのだ。

（それだけじゃないわ……）

何より、シルヴィオ以外の人と結婚などしたくなかった。それに尽きる。

物思いにふけるうち、馬車は王宮の門をくぐっていた。といっても姉の指示なのか裏門である。

正面から臨む壮麗な外観と同じとは言えないものの、ひたすら広大な白亜の建物だ。

しばし走り続けた末、馬車は使用人の通用口に到着した。質素な恰好をしたこちらとしても、そのほうが目立たずにすんでありがたい。

馬車を降りてきょろきょろしていると、知らせを受けた侍女が迎えに来た。

「よくおいでくださいました。王妃様がお待ちです」

言葉は丁寧だが、こちらを見る目は冷ややかだ。アイディーリアはだまって侍女の後ろについて歩き、姉のもとへ向かう。

使用人の通路から、貴人も利用する長い廊下に出ると、そこは豪華絢爛としか言いようのない世界だった。長く続く緋色の絨毯の上に、贅をつくした絵画や調度品が並び、壁には縦に溝の入った細身の柱が等間隔で配置されている。古代の神殿風とでも言うべき装飾と、天井のいたるところで輝くシャンデリアとが、ただの廊下でさえも優雅な華やかさで彩っている。

案内されたのは、小さな広間ほどはある広い居間だった。

わざわざ貼り替えさせたのか、深紅の壁紙にはルヴォー家の薔薇の紋章が織り出され、部屋の主人の出自を伝えてくる。あとはテーブルも椅子も、時計も燭台も、目につく品々のすべてが金というまばゆさだった。

壁に掛かった大きな絵画は、もちろん金の額縁で、着飾った姉が描かれている。まさに今、目の前にいる当人も、碧色のきらびやかなドレスを身につけ、満面の笑みを浮かべていた。

こちらに気づくと、彼女は両腕を広げて近づいてくる。

「アイディーリア！　私の最愛の妹！」

熱烈な抱擁を受け、ごつごつとした装飾品の宝石が当たる。

そして相変わらず香水の香りがきつい。

「よく来たわね！　修道院に入ってから一度も顔を見せないのだもの。嘘をついて呼び出したことを許してくれるわよね？」

抱擁から抜け出した妹の顔を、彼女は両手ではさんだ。

「二年ぶりね。ずっと心配していたのよ！」

芝居がかった言葉に、アイディーリアは曖昧な笑みを浮かべる。

修道院に入るまでの十四年を共に暮らし、姉の薄情さはよく知っていたからだ。頑として政略結婚に応じなかった妹のことなど、この二年間、一度も思い出さなかったにちがいない。

「……お元気そうでなによりです、お姉様」

社交辞令を返すと、彼女は大げさな身ぶりで胸を押さえた。

「とんでもない。元気どころか、不安で押しつぶされそうよ！」

そう言うやハデな扇を振り、侍女たちを追い払う。

誰もいなくなった居間で、彼女は重々しく告げてきた。

「あの男が帰ってきたわ」

「あの男――」

「フォンタナ家の嫡男シルヴィオよ！　メディオラムにそれらしい男がいると聞いてはいたけれど、まさかこんな形で帰ってくるだなんて……！」

「こんな形……？」

「最悪よ」

渋面の姉の説明によると、こうだ。

隣国メディオラムとの間で、ここ数年続いていた国境紛争について、一時的に休戦協定が結ばれることになった。理由は、この国の財政難。――つまり今回は、こちら側が負けたことになる。

協定では当然、財政難の足下を見られ、不利な条約を結ばされるにちがいない。

こちらとしては条約の交渉をしに来た使節を手厚くもてなし、なるべく負担を軽くしてもらう必要がある。

そんな状況で現れた隣国の使節の長が、シルヴィオだったのだという。

「よりにもよってメディオラムの軍人になっていたらしいの。国境紛争で大きな手柄を立て続け、我が国からノエルハイム地方をぶんどって、向こうの国王に気に入られて大公位を得たそうよ。今ではれっきとしたノエルハイム大公ってわけ」

ノエルハイムといえば大陸の内海に面し、琥珀や真珠の産地として知られる他、このあたり一帯の鉱工業の中心地でもある。当然その支配者は富と権力に恵まれ、名声をほしいままにすることになる。

『これでも一国の使節の長でね』

自信に満ちた彼の言葉が、脳裏に甦った。

「まさか……そんな……」

「あいつが言うには、今はノエルハイム大公として、メディオラムの国王に自分の才覚を示さなければならない大事な時期だから、過去のことは水に流そうってことだけど……、怪しいわよね」

眉根を寄せた姉が慎重につぶやく。

「たまたま隣国で出世した男が、たまたま仇敵がのさばる宮廷に、戦争のとどめを刺しにやってくるなんて、そんな偶然があるわけないわ。そうでしょう？」

「えぇ……」

「まちがいなく私達への復讐が目的よ。陛下は戦々恐々となさっているわ。五年前の件がルヴォー家にとっていい結果になったのは、陛下がルヴォー家の味方についたせいでもあるから」

「――――」

ぼやく声にくちびるを引き結んだ。

アイディーリアも覚えている。

五年前、前国王と、まだ王太子だった今の国王との間に対立が生じた。フォンタナ家は前国王に、ルヴォー家は王太子の側について政争に明け暮れていた中、市民に人気だった叔父のマティスが殺される事件が起きたのである。

フォンタナ家への報復を叫ぶルヴォー家に肩入れしようと、王太子は兵士を送り込み市民を扇動させた。そのことが惨劇を生んだとも言われている。

とすれば、今の国王が誰よりもフォンタナ家の報復を恐れるのは当然だろう。

（あれだけひどいことをしたのだから……）

彼らの無念を――一日にして、一族があらかた殺された絶望を思えば、不思議なことは何もない。

そんなことを考えていると、ベアトリーチェが苦笑した。

「他人事みたいな顔をしないで。あなたにも関係のあることなのだから」

「わたしが？　どういうことです？」

「昨日、あの男は陛下に会うなりこう申し入れてきたのよ」

ベアトリーチェはそこで腕を組み、妖艶な眼差しを向けてくる。

「道中に出会った修道女見習いを、自分の世話係につけてほしいと」

「…………え？」

「聞けば、あなたのことじゃないの。水くさいわね。彼が来るのを知っててだまってたなんて」

「いえ、出会ったのは……たまたまです……」

なんということだ。彼は本当に自分のことをあきらめていなかったのか。

衝撃に上ずる声で、アイディーリアはぽつぽつと返す。

「きっと……神様が、引き合わせてくださったのでしょう。互いが無事な姿を、ひと目見せようと」

修道女らしい見解を、姉は嘲笑（ちょうしょう）した。

「なんて美しい話！　まぁいいわ。それなら引き受けてくれるわね？」

「いいえ……っ」

アイディーリアは大きく首を横に振る。

「世話係など不可能です。わたしは神に仕える道を進むと決めたのですから」

「彼が気にしていないと言ってるのだから、元の鞘（さや）に収まってしまえばいいのよ」

「軽々しく言わないでください」

「そもそもあなたに選択の余地なんかないわよ」

「どういうことです？」

訊き返すと、姉は計算高い目を油断なく光らせた。

「陛下は今朝、あの女子修道院に多額の寄付をなさって、国の苦難を乗り越えるために修道女見習いをひとり還俗させるよう求められたのよ。もちろん院長は快く応じてくださったわ」

「まさか！　そんなことが――」

「誓願前の見習いでよかったわ、本当に」

「お姉様！」

「情報が必要なのよ！」

強い抗議に、姉はそう怒鳴り返し、手にした扇を音高くソファの肘掛けにたたきつける。

「いい？　あの男が私達に対して何を企んでいるのか探り出すのよ。それができれば、すぐにでも干からびた女の園に戻してやるわ」

「できません」

アイディーリアは姉を見据え、きっぱりと首を横に振った。

「わたしはもう、俗世のことには関わらないと決めたのです」

五年前のことは深い心の傷になった。

政の世界に身を置くなど二度とご免だ。間諜の真似事をしろなんて、もってのほか。

決意を込めて見つめていると、姉はくすりと笑う。そして猫なで声で言った。

「かわいらしいほどおめでたい子ね。言っておくけど、王妃である私の許可なくこの王宮を去ることはできないわよ。それに、去ったところでもうあの修道院には戻れないわ。逃げたあなたを迎え入れたら彼女達のためにならないと言い渡してあるから」

「そんな……！」

院長の不自然な様子の理由が、ようやくわかった。

彼女は脅迫を受けていたのだ。

修道院の存続や、修道女の身の安全を盾にとられたのであれば、脅しに屈してしまうこともあるだろう。この姉ならやりかねない。

「彼に贖罪をしたいんでしょう？　すればいいじゃない。身体で」

ねっとりとそうささやき、姉は扇の先でアイディーリアの胸をつついてきた。

「やめてください！」

扇を手で払うと、彼女は嬲るように言う。

「いずれにせよ、あなたは私の指示に逆らうことはできないのよ。……ちがう？」

「…………っっ」

冷たい眼差しを前にして胃の腑が冷えた。彼女の言う通りである。
姉にはどうしても逆らえない理由が、ひとつだけある。
「やるわね？」
艶然と笑いながらの問いに、アイディーリアはぎゅっとこぶしをにぎりしめた。
シルヴィオのもとに行き、彼の動向を探る？　またしても彼の信頼に背く？
そんなことできるはずがない。
（でも――でも、そうしないと……！）
笑みを含んで冷たく輝く姉の眼差しを受け、無力感を噛みしめる。
長い長い逡巡の末、アイディーリアはほんのわずかにうなずいた。
「………はい」
蚊の鳴くような返事が、その後の運命を大きく変えることを予感しつつ。

⚜　⚜　⚜

シルヴィオは王宮に隣接する近衛連隊宿舎から、この国の近衛兵らを追い出し、そこにメディオラムから率いてきた部下達を滞在させているという。
自分はといえば、王宮の一画に大きな部屋を与えられ、外交交渉の拠点としているらしい。

夜になって、アイディーリアは王妃の侍女と共にそこを訪ねた。

正確には送り込まれたのだ。

チョコレート色の樫材のドアの前に立ち、警護の兵士に名前を告げると、相手は値踏みするようにこちらを見た後、部屋の中にその旨を告げた。

『入ってもらえ』

シルヴィオの声に、ドアを開けてアイディーリアを室内に通す。

それを見届けた侍女達は、踵を返して去って行った。

シルヴィオが滞在しているのは、いくつかの続き間からなる貴人用の広い客間だった。

ドアを開けてすぐの居間は、アイボリーを基調とした落ち着いた色合いである。厚い絨毯や人の背丈よりも大きな絵画、キャラメル色の家具や調度を別にすれば、壁も天井も、大理石のマントルピースまで、すべてアイボリーで統一されている。

もっとも特徴的なのは天井で、レースのように精緻（せいち）な模様が、象牙（ぞうげ）をふんだんに用いて立体的に描かれていた。

派手さはないが、王族並みに身分の高い人のための部屋であるのは一目瞭然（りょうぜん）だ。

そんな立派な部屋にいながら、シルヴィオはゆったりとした白いシャツとブリーチズとを身につけただけの姿だった。複雑な織りによって模様が浮き出た天鵞絨（ビロード）のソファに腰を下ろし、くつろいだ様子である。

ひとりでやってきたアイディーリアを目にすると、目の前に広げていた書類を手早く片づけた。

「やぁ、来たな」

こちらをふり仰ぐ顔は、ひどく得意げだ。

「俺の言った通りになっただろう？」

対照的に、アイディーリアは緊張に顔をこわばらせてお辞儀をした。

「……お世話係としてまいりました。精いっぱい務めますので、よろしくお願いいたします」

「なるほど。世話係、な……」

言葉を切って、彼はこちらの身体を上から下まで舐めまわすように見る。

「地味で粗末な服より、そのほうがはるかに似合っている」

揶揄する物言いに頬が熱を持った。

久しぶりに身につけるドレスは慣れない。しかもただのドレスではない。

姉が選んだのは挑発的な緋色のドレスだった。膨らんだ長い袖には、縦長の切れ込みが幾つか入り、薄紗越しに肌がのぞく作りで、腰の高い位置に切り返しがある。生地一面に、目も綾な刺繍が施された豪奢な作りであるものの、あられもなく大きく開いた胸元は、フリルのレースで隠しただけ。

　チラチラと谷間が見え隠れする様は、夜の女が着るドレスそのものだ。おまけにウェストを締めつけるデザインのため、ふくらみが必要以上に強調されてしまう。

　そんなドレスを身につけた自分の姿を想像するだけで、恥ずかしくてたまらなかった。

　対照的に、彼はあからさまに深い胸の谷間へ視線を注いでくる。

「胸元はもっと開けていい。そのほうが俺の目を愉（たの）しませるからな」

「わたしは……っ」

　スカートをにぎりしめ、アイディーリアは自分を奮い立たせた。

「あ、あくまでお世話係として……まいりました……」

「あの手強い姉に送り込まれたか。難儀だな」

　彼はおもしろそうに笑い、手を差し出してくる。

「来い。その初々しさが見せかけのものか、それとも本物か、暴いてやろう」

　無造作な誘い方は、まさに色事に慣れた大人の男そのもの。

（昔は……抱擁するのだって遠慮がちで、わたしの意思をちゃんと訊いてくれたのに……）

　記憶にあるより、ひとまわり以上逞（たくま）しい身体への不安と相まって、近づくことすら尻込みしてしまう。

「シルヴィオ、わたし……」

呼びかけた瞬間、彼は意地悪く片眉を上げた。

「シルヴィオ？」

「……シルヴィオ様、わたしはそういうことをするつもりでは――」

「アイディーリア」

彼はこちらの言葉を封じるように遮った。

「世話係なら、俺が来いと言ったら来るんだ。いいな？」

「……はい」

言われるままに一歩近づくと、手を取られ、強い力で引っ張られた。そのまま彼の膝の上に座らされてしまう。

「あっ……」

と思った時には、ぎゅぅっと強く抱きしめられていた。

「あぁ、アイディーリア！　この色っぽいドレスは目の毒だ。少しは話したいこともあったが、全部吹き飛んだぞ」

「おっ、お放しください……！」

「バカを言え。放せるものか。五年前よりも肉づきがよくなって、たまらない抱き心地だ」

「いや……っ」

思わず拒むと、ふと顔をのぞきこんでくる。

「恋人はいるのか？」

「……いいえ」

ひどく近くに彼の顔があった。どこを見ればいいのかわからず、視線をさまよわせる。ドレス越しに、硬い身体とぬくもりを感じてドキドキしてしまう。

「おりません……」

「これだけ美しくなったんだ。縁談くらいはあっただろう？」

「もうずっと……修道院で暮らしておりますから……」

見つめられる緊張に耐えられず目を伏せる。

と、彼は指先でこちらの顎をすくい、目を合わせてくる。

「ということは生娘のままか？」

「な――」

絶句するこちらのうなじの後れ毛に指先を絡め、耳朶にくちびるを寄せてささやいてくる。

「これはいい。俺はルヴォー家当主の娘の初花を摘むことができるんだな。おまけに辱めて捨てても、誰からも決闘を申し込まれることがないと」

「お許しください……わたしはただ……お世話を……」

「残念ながらおまえは、この国が俺に与える供応の品のひとつだ。俺が求めるときに、その身を差し出すため、この部屋に送り込まれてきた」

指先が軽く肌を這う。ふれるかふれないかの感触にぴくりと肩がふるえ、息を呑んだ。

「俺がどのように扱おうと、この国の王は文句を言うまいよ。おまえに許されるのは、俺の慈悲を乞うことだけだ」

「――……」

信じられない。これが本当にあの、優しかったシルヴィオなのだろうか。

涙をにじませた目で懇願するも、欲望を湛えた甘い眼差しはびくともしなかった。

しかしアイディーリアにも譲れぬものがある。

「……わたしが慈悲を乞うのは神に対してだけです」

ふるえる声で、それでも彼に示した。

肉欲の罪を犯すのは自分の意思ではないことを。逃れ得ない事情から身体は罪を犯そうと、心まで穢されることはないのだと。

「ほう……」

シルヴィオは露わになった肩にキスをしながら、軽く返してきた。

「それでは俺は、さながら無垢な女に甘いリンゴを与えて罪に引き込む悪魔か。おもしろい」

ひとしきりくちびるで肌をたどり、口づけをくり返した末に、彼はアイディーリアを抱き上げつつソファから腰を上げる。

まっすぐに寝室に運ぶや、アイディーリアを寝台の上に横たえ、そのまま覆いかぶさってきた。

「おまえをリンゴの虜にして、神から奪ってやろう」

恐ろしい言葉に、ついその胸を押し返してしまう。

「いや……」

「そんな儚い抵抗は、かえって劣情を煽るだけだ」

含み笑いで言いながら、あっという間に扇情的なドレスを脱がせてしまう。

その間、アイディーリアは脱がされないよう全力で抵抗するも、何の妨害にもならなかった。

彼は、駄々をこねる子供を着替えさせるかのような、鮮やかな手並みをもってコルセットと下着までも取り除いてしまう。

気がつけばアイディーリアは生まれたままの姿にされていた。子供の頃ならともかく、人にこんな姿を見られるのは初めてだ。

「…………っっ」

燃えるような恥ずかしさに両腕で胸を押さえ、寝台の上で丸くなる。

寝台の近くには、大きな枝付燭台が、すべての蝋燭に火の灯された状態で置かれていた。おかげでこんな時間にもかかわらず、寝台の上は書類が読めるほど明るい。

「お願いです。明かりを……明かりを消してください……っ」

決して、これから起きることを受け入れるわけではない。しかし明るい中で臨むのだけは、どうしても耐えられない……。

そんな思いから、恥を忍んで口にした懇願を、彼は薄笑いで一蹴した。

「断る。俺は女を抱く前、じっくり品定めする趣味があってな」

「な――」

無情な反応に、涙でうるんだ目を瞠る。

(なんて恥知らずな……!)

非難を込めて見据えるも、彼は気づいた様子すらなかった。

「さぁ、見せてみろ。仔細に見定めてやろう」

「やめて……っ」

のばされてきた手から身をかわすように、アイディーリアは胸を隠し、うつ伏せになる。

無駄な抵抗だと思っているのだろう。シルヴィオは、クックッと喉を鳴らして笑った。

大きな手が背中にふれ、肩甲骨から腰に向けて余裕ぶった動きでなで下ろす。その傍若無人な行為と、硬い皮膚の感触に肌がさざめいた。

「………っ」

「染みひとつない、なめらかな背中だ。まるで上等な練り絹のような肌ざわりじゃないか」

まろやかに腰を撫でられ、ひくっとわずかにふるえてしまう。

背後で彼がフッと笑うのがわかった。

「腰が弱いのか？　感じやすいな」

「――――……っ」

アイディーリアはくちびるを引き結んだ。うつ伏せになったまま、頑なに背を向ける。

（シルヴィオ――どうして、こんな……っ）

やはり彼は、五年前とは完全に変わってしまった。

自分の愛した相手は、断じてこんなふうに人の気持ちを踏みにじり、いやらしいことをするような人間ではなかったのだから。

（なのに……それなのに、どうして……っ）

そのシルヴィオにされていると思うと、淫猥な戯れに身体が勝手に反応してしまう。

「……ふっ……」

いやらしい手つきで腰をなでまわされ、悩ましい感覚に息が乱れていく。

おまけに腰の奥で生まれた懊悩(おうのう)に思わず身をよじったとたん、彼に腕をつかまれ、ひょいとひっくり返されてしまった。

「いや……っ」

隠すもののない状態で仰向けにされ、悲鳴を上げる。

逆に彼は感嘆の眼差しでうめいた。

「これは――」

とっさに胸を隠そうとしたもう片方の手をもつかみ、シルヴィオは寝台に縫い止めるように押さえつけてくる。

露わになった胸のふくらみをまじまじと見下ろし、彼はにやりと笑った。

「期待通り――いや、期待以上だな」

あげつらう言に、アイディーリアの顔がカァ……ッと熱くなる。

何を隠そう、自分の胸は人と比べても大きい部類に入る。

望んだわけでもないのに豊かに育ってしまった胸は、修道院で暮らしていた際にも悩みの種だった。

彼はくちびるの端を持ち上げる。

「再会した時からわかっていた。修道女見習いの服で隠すなどもったいないほど大きくなったと」

「――――……っっ」

好色な物言いであけすけに評され、怒りと羞恥で眩暈がしそうになる。

(なんて失礼な……っ)

アイディーリアは顔を背けて屈辱を噛みしめた。

気づいていないわけではないだろうに、彼は無防備にさらされた柔肉を大きな手で無遠慮につかんでくる。

「これは男を歓ばせるための胸だ、アイディーリア」

「ちがいます……」

「何がちがう？　あんなに清らかだったおまえが、これほどいやらしい身体に育つとは」

勝手なことを言いながら、たぷたぷと、すくい上げるようにして手のひらで弄び、感触を愉しむ。

たっぷりとしたふくらみは、弄ばれるまま彼の手の中で形を変えた。

指の間からこぼれそうなほど柔軟な感触に、彼はうれしそうに喉を鳴らす。

「やわらかくて蕩けそうなさわり心地じゃないか」

「も、……やめて……！」

羞恥にぎゅっと目をつぶれば、声は五年前のまま。

まるであの頃のシルヴィオに、おもちゃのように胸を遊ばれているようで、いたたまれなくなる。

　しかしもちろん、儚い訴えが顧みられることはなかった。

「大きさのわりに、この部分は慎ましい」

「……ん……っ」

　乳暈を指先でツ……となぞられ、ぴくりと肩がふるえてしまう。

「反応したな。感じたのか？」

「――――」

　無礼な質問に、顔を背けてだまっていると、「答えろ」という指示と共に、薄紅色の部分をきゅっとつままれた。

「あ……っ」

　ジンっ……と痛み、甘く痺れる。

　そのまま指先でふにふにと転がされると、つままれた部分が熱く疼き、次第に芯を持っていくのを感じた。

「え……、な、……なに……？」

　自分の身体の変化にとまどうアイディーリアを、彼は目を細めて見下ろしてくる。

「答えないとこうだぞ」

　両のふくらみをつかみ、手の中でボールを転がすように、弾む柔肉を押しまわし、尖った先端をくりくりといじってくる。

「……ぁっ、……いや……、いやっ……」

視線をさまよわせ、アイディーリアは小さく頭を振った。

初めはくすぐったいだけだったそこに、悩ましく疼く感覚がわき起こり、さらに執拗にいじられるうち、身体の奥にじくじくと淫蕩な熱が灯っていくのを感じる。

吐息が甘く乱れていく。

まるで、知ってはならない淫惑の深みに誘われるかのよう――

混乱しきりのアイディーリアとは裏腹に、シルヴィオは平気な顔だった。こんなことをしているというのに、月白色の瞳はどこまでも冷静なまま、同じ問いをくり返す。

「答えは？　生娘なのにここをいじられて感じたのか？」

耐えられなくなったアイディーリアはとうとう白状した。

「――っ、は……い……っ」

「そうか。いい子だ」

ニッと笑うと、彼は尖りきった乳首にキスをしてくる。

「ぁンっ……」

思わずはしたない声が出てしまい、ハッと口元を押さえるアイディーリアの上で、彼は獲物を前にした獣のごとくくちびるを舐めた。

「まぶしいほど白かった肌が薄桃色に染まってきた。……これは食べ頃だ」

つぶやくと、日に焼けた大きな手で、たっぷりとした柔肉をにぎりしめる。

たわんで盛り上がるふくらみの先端は、赤く色づいて勃ち上がっていた。

見せつけるように舌をのばし、彼はその部分を口に含む。とたん、熱くぬるついた感触に包まれ、硬くなっていた突起が溶けそうなほど感じてしまった。

「いやぁっ……」

我慢しようとした声が、意に反し、蕩けて漏れる。

「……あ、……いや……、ぁっ……」

肉厚の舌にざらりざらりと舐められるのは、それだけ卑猥な陶酔をもたらした。鋭い愉悦が下腹の奥まで響き、身体を淫蕩に燃え立たせていく。

「はぁっ……あぁっ、ぁあっ……」

腰のあたりがぞくぞくと痺れ、吸われるたびに胸が反り、眉根に皺が寄ってしまう。

男は飴玉のようにそこをしゃぶりながら、大きな手を肌に這わせていった。脇腹をなでた手が、腰を伝って大腿にのび、やがて臀部を愛撫し始める。

普段、自分でもろくにさわらないようなやわらかい肌を、皮膚の硬い男の手にじっくりとなでまわされるうち、身の内で燻っていた官能の熱が、じわじわと全身に広がっていく。

「はぁっ、……あぁっ……」

肌は火照(ほて)って張りつめ、ふれられた場所がどこもかしこも甘くさざめいた。もっとさわってほしいような、変な気分になってくる。

わけのわからない熱さに身をよじるアイディーリアを、シルヴィオが色めいた目つきで見下ろしてきた。

「神に仕える女を堕落させるのも悪くないものだな」

片手で胸を揉(も)みしだき、もう片方の手で全身をなでまわしながら、うっとりとつぶやく。

「悪魔の気持ちがよくわかる……」

柔肌(やわはだ)のさわり心地を楽しむかのように——そしてまた、ようやくふれることのできた歓びを、あますところなく味わうかのように、彼は無垢な身体を執拗になでまわした。

「あっ、やめて……っ」

我知らず腰をうねらせていると、大きな身体が、力の抜けた脚の間に入り込んでくる。内腿に人をはさむ慣れない感覚に動揺している間に、男は柔肌に顔を埋め、腹部を舐め下ろしていった。

「あ、……待って、……っ」

頼りない制止を尻目に、熱い舌が禁断の割れ目に到達する。のみならず溝の中へ潜り込み、ねろりとなぞり上げる。

「きゃぁっ……」

高い悲鳴と共に、細い腰が跳ね上がった。

「や、やぁ……っ、何を……!?」

「何をされると思う？　当ててみろ」

顔を上げたシルヴィオは、左手で脚を開かせ、右手の指で花弁をそっとなぞる。

「あっ、いや……、うそ……っ」

「予想は当たりそうか？」

あざける口調で言うや、彼は割れ目をたどるように上下にゆるゆると指を動かす。

しばらくそれをくり返すと、花びらは赤く色づいてふっくらと開き、トロトロと蜜をこぼし始めた。すると指は、その蜜を塗り広げるように溝をいじってアイディーリアを煩悶させた後、ふいに花びらの中へぬぶりと押し入ってくる。

「え……？　あ、やぁっ……」

自分の身体の中で彼の指を感じる異常な事態に、榛色の瞳を大きく瞠った。

「やめて……そんなこと、しない、で……ぁっ、うっ、動かしちゃ、ぁっ、やぁっ……！」

「これだけぬれていれば大丈夫だ」

指はねばついた音を立て、円を描くようにそこをかきまわしてくる。

それだけでも混乱してしまうというのに、さらに指先は蜜襞をゆるゆる擦り立ててくる。

そしてある瞬間、特別甘く痺れたその刺激に、自分の中が彼の指をきゅうっと締めつけた。

「やぁっ、どうして……っ」

何が起きているのかわからず、アイディーリアは首を振って啼く。

「ぁっ、……やぁっ、こんな、……ぁっ、……ぁン……っ」

一方彼は、きつく締めつける中の感触を味わうように指の抜き挿しをした。

「見ろ。俺の指をかわいくしゃぶってる。……それとも指じゃないものをねだっているのか？」

(――……っ)

アイディーリアは反射的に首を振った。

はっきりとした知識はなかったが、その部分で男性とつながるというのが、純潔を失うことを意味するのはわかる。

彼は予期していたかのようにフッと口元をほころばせた。

「そうか。ではキスをねだっているのかな」

わざとらしくそう言うと、そこに顔を寄せてくる。

「あ、やめて……っ、いや……っ」

離れたところから見られるだけでも恥ずかしいというのに。その場所を間近からのぞかれるなど耐えられない。

思わず脚を閉じようとするも、彼の身体が邪魔で閉じられなかった。

「まぁそう言うな」

不安に涙をぽろぽろこぼすアイディーリアを挑発的に見つめながら、彼は花びらに顔を近づけてくる。のみならず、蜜洞に埋め込んでいた指でぐちゅぐちゅと媚壁の天井部を擦り立ててくる。

「ひっ！　あ、ぁ……っ」

下肢が愉悦に跳ね上がったとたん、のばされてきた彼の舌が花弁の中に隠れていた雌しべを捉えた。

とたん、途方もない歓びが全身を走り抜け、一瞬気が遠くなる。

「――ぁあぁっ、……やぁぁっ……！」

はしたない嬌声を響かせ、アイディーリアは汗ばんだ全身をわななかせた。

見られることを恥ずかしがっている場合ではなかったと、ようやく気づく。

ビクビクと跳ねる下肢にしゃぶりつき、彼はやわらかい襞の中で、そこだけ硬くなっていた突起に舌を絡みつけてきたのだ。加えてぬるぬるとしごき上げてくる。

「あ、あぁっ……だめぇ！　……あっ、やぁっ！　……やめて、やめてぇっ……、あっあぁあっ……！」

目蓋の裏が明滅するほどの快感に、我知らず腰がうねった。

あふれる愉悦と羞恥に頭の中が真っ白になり、隘路は中で暴れる指をきゅうきゅうと締めつける。

アイディーリアはさ迷わせた手で枕をつかみ、しきりに悶絶した。

「だめぇっ、そんなに、しちゃ、ぁっ、あぁ！　……ぁあっ、……やぁぁ……！」

快楽に溺(おぼ)れてのたうつ間、時折ふぅっと意識が遠ざかりさえする。

根元まで押し込まれた指と、ぐんぐんせり上がる淫悦に追い詰められるようにして、アイディーリアはほどなく、果てしない高みへと放り出された。

「――あぁぁ……！」

朦朧(もうろう)とする中で、全身を小刻みに痙攣(けいれん)させ、吸い込まれるような陶酔に浸る。

そんな中、ぎゅぅぅっと指を締めつける蜜口から大量の愛液があふれるのを感じた。

呼吸に胸を大きく上下させながら、ぼんやり宙を見上げるアイディーリアに、シルヴィオが脚衣の前をくつろげながら命じてくる。

「脚を開け」

ゆるんだ脚衣の前面から、男性自身と思われるものが飛び出してきた。

「…………っ」

目のやり場に困って視線を逸らすと、彼は小さく笑って続ける。

「言う通りにしないなら……、もうしばらく舐めてやるぞ？」

「いや……っ」

「どうせ最後の結果は同じなんだ。どちらが賢いか、わかるな？」

「…………」

彼はどうあっても自分を許すつもりがなさそうだ。

見下ろしてくる眼差しからそう悟り、アイディーリアはおずおずと自分から脚を開いた。

「もっとだ。娼婦のように大きく開いて、挿れてほしいところを俺に見せろ」

「……そんな……っ」

耳を疑うような指示に、アイディーリアは泣きたい思いで首を振る。

すると彼は、嬲るように小首を傾げた。

「いやか？　つまりもっとかわいがってほしいのか？」

「…………っ」

追い詰められたアイディーリアが、さらに少し脚を開くと、彼はこれみよがしに息をつき、勝手に膝をつかんで、ぐいっと敷布につくまで左右に広げてきた。

「いやぁ……っ」

何もかもが彼の目にさらされてしまう羞恥に涙をこぼす。

五年前には、彼に純潔を捧げることを夢見ていた。しかし今はそれが信じられない。

哀しみに瞳を曇らせるアイディーリアの前で、シルヴィオは手のひらをぬらしていた蜜液を、自身の屹立になすりつける。そして達したばかりの熱いぬかるみに、それを押し当ててきた。

「あ……っ」

まるで熱した鉄のような感触だ。

思わず声をもらすと、彼は脈打つそれで、ぐちゅぐちゅと割れ目を擦り立ててくる。

「なぜ引き受けた？」

「え……？」

「簡単に身売りに応じたとも思えんが……、国のためと、王妃に泣き落とされたか？」

「…………」

アイディーリアは曖昧に首を振った。

確かに姉には大きな弱みをにぎられている。命令に逆らうことはできない。

しかしこの役目を引き受けたのは、それだけではなかった。

（あなたの怒りを、少しでも受け止められればと思って——）

どんな事情があろうと、自分の親族が大勢殺されたという過去について、完全に忘れるなどありえない。

惨劇からまだ五年しか経っていないのだ。彼の中には怒りや憎しみがきっとあるはず。であれば彼の要求に応じて傍に仕え、多少なりとも憤懣(ふんまん)を発散させる的(まと)になろう——そう考えたのだ。

たたかれるなり、言葉で責められるなり、きつい仕事を命じられるなり…色々とあるだろうが、痛みも、つらい状況も、甘んじて受け入れよう。

五年前の事件に際して何もできなかった、自分への罰として。

引き受けたのは、そんな理由だ。

(とはいえ……)

この類(たぐい)の責め苦に関しては、経験のなさゆえ、どうしてもひるんでしまう。

見据えてくる瞳から目を逸らし、アイディーリアは小さな声で応じた。

「――はい、その通りです……」

彼はフン、と鼻を鳴らす。

「姉同様、食えない女だ。だが犯しがいがある」

ぐちゅぐちゅと蜜口のあたりで遊んでいた切っ先が、とうとう中へと押し込まれてくる。

「あぁ……っ！」

「奥の奥まで秘密を暴きたくなる――」

うなるような宣告の後、灼熱の塊(かたまり)のようなものが、ゆっくりと身体の内側へ侵入してきた。

苦悶にのけ反る様子を見下ろす月白色の瞳は、笑み混じり。彼が戯れの延長で自分の純潔を散らそうとしていることを感じ、瞳をぬらしていた涙がこぼれる。

おまけに身の内をめりめりと拓く欲望は、想像以上の苦痛をもたらしてきた。それが彼にとって何がしかの慰めになるのならと、決めていたはずの覚悟すら砕けそうになる。

「ひっ、ぅ……っ！」

苦しみは伝わっているだろうに、彼は容赦なく押し入ってきた。グ……、グ……と、小刻みに勢いをつけて腰を揺さぶり、やわらかく蕩けた蜜路に傲然と己を突き立ててくる。

ほどなく、筋肉に覆われた逞しい腰がひときわ強く打ちつけられ、下肢のふれ合う感覚がした。

「あらかた呑み込んだな。……女にされた気分はどうだ？」

涼しい目元をうっすらと赤く染め、彼が訊ねてくる。

しかしアイディーリアは答えるどころか、身体を動かすことすらできなかった。

まるで串刺しにされたような気分だ。

「俺は満足だ。神の前に純潔を誓った女を、コレで俗世に引きずり堕としたんだからな」

さも愉快そうに言い、シルヴィオは軽く腰を揺する。

とたん、奥でずぅん……と疼痛が響いた。

「くぅ……っ」

顔をしかめて浅い息をくり返す様子から、こちらの状況は察していただろうに、彼はそのまま、勢いよく奥へ奥へとさらなる突き上げを続ける。

大きな寝台の天蓋に、ぐちゃぐちゃと粘ついた水音と、苦痛に満ちたアイディーリアの喘ぎ声が重なって響いた。

「いっ……ん、……んぅっ……ぁうっ、……ぅ、ぅっ……！」

なすすべもなく上下に揺さぶられながら、腰を打ちつけられるたびにもたらされる、刺すような痛みに耐える。

しかしやがて、逞しい彼の肩につかまり、涙を散らしながら見上げた。

「もっ……もう少し……、優しく、して……っ」

「――――」

とたん、シルヴィオはひどく険しい顔で毒づく。

「クソっっ……！」

押し殺した声でそう吐き捨て、彼は昂ぶる楔で貫いたまま、上体をかがめてアイディーリアの胸を弄び始めた。たぷたぷと手のひらの上で遊ばせ、かと思うとぴんと尖った乳首を舐めしゃぶる。

「……ん、……っぁ……」

敏感な粒を肉厚の舌でねろねろと舐られれば、勝手に身体が反応してしまう。

みっしりとした怒張に限界まで隘路を拡張されたまま、アイディーリアは胸を突き出すようにして、上体をひくつかせた。

「んっ、……んぅっ……」

豊かな胸に吸いつきつつ、熱杭で中の様子を探っていた彼が、頃合いを見てふたたび軽く腰を揺さぶり始める。

今度は、先ほどのような強引さはなかった。代わりに、逞しい屹立を隘路になじませるように、ぐちゅぐちゅと小刻みに腰を動かす。

そしてまた、揺さぶられるごとに上下する胸のふくらみを飽きることなくしゃぶり、捏ねまわす。乳首をつままれ、尖りきったそこをこりこりといじられ、アイディーリアはビクッと身をすくませた。

「あぁっ……」

「おまえに快楽を教えてやるよ。神サマより俺に仕えたほうが簡単に天国にイケるぞ」

ふざけたことを言いながら、彼は蠢く蜜襞を熱杭で少しずつ拓いていく。

そんなことは決して、絶対に、ありえないと思ったのもつかの間——

「あっ、ぁっ、……んっ、あ……っ」

めりめりと媚肉を広げられる痛みの中から、いつの間にやら悩ましい官能がにじみ出してきた。

しばらくして愉悦を感じるようになると、はしたない恰好で男性自身を受け入れている状況への羞恥が、思い出したように襲いかかってくる。

「いや、ぁ……っ」

枕をつかんだまま、身体の奥深いところで発する妖しい疼きに身をよじるアイディーリアを、シルヴィオは何もかも心得た目で見下ろしてきた。

「ここに俺を咥え込んで、こうして揺さぶられれば、たまらなく気持ちよくなれるんだ。教えてやる。ほら——」

言葉と共にずぶずぶと太い灼熱が埋め込まれ、ずんっと奥を突かれる。

「あぁっ……！」

お腹の深いところで鳥肌が立つような快感が弾け、アイディーリアはのけ反って喘いだ。さらに怒張は蜜壁を巻き込むようにして引き抜かれ、ふたたびずぶずぶと、蜜をあふれさせて埋め込まれる。

「いやっ……。そんなに、揺らさないで……っ」

「なぜ？　気持ちいいのは悪いことじゃない。感じるままに味わえばいい」

「やぁ……っ」

「その強情さが、いつまでもつかな」

彼は喉の奥でくつくつ笑った。

すでに抽送は大分なめらかになっている。

蜜のぬめりを借りて、腰の動きは少しずつ大胆になっていった。下腹の奥を苛む官能のうねりは、深々と突き上げられるごとに熱く、粘度を増していく。

「がっつくな。満足させてやるから」

勝ち誇ったような言葉を聞くまでもなかった。

エラの張った先端でずりゅずりゅと擦られた内壁は切なくわななき、熱心に熱杭を締めつける。勝手な反応は自分でもどうにもならず、恥ずかしくてたまらなかった。

熱杭が抜け出していく喪失感にも、また押し入ってくる圧迫感にも、腰の奥で燻ってい た陶酔が妖しく湧きたち、媚肉はますます蕩け、惑乱の中にある情欲をかき立ててくる。

「いやっ……こんな……っ、こんなの、わたしじゃ……ない……っ」

快感に絶え間なく全身をふるわせながら啼き喘ぐも、シルヴィオに間髪を容れずに返された。

「おまえだよ。……これがおまえの女の部分なんだ」

拓かれたばかりの隘路は早くも、屹立を呑み込もうと悩ましく蠢いている。未熟な身体に官能の何たるかを教え込むように、彼は粘ついた音を立て、くり返し、ゆっくりと怒張を抜き挿しした。

すると抽送の途中、一瞬だけ膨らんだ快感が背筋を駆け抜ける。

「あぁっ……！」

声を張り上げ、思わずのけ反るアイディーリアの反応を目にして、シルヴィオはニヤリと笑った。

そして大きく反応した場所を屹立の先で押し上げるように擦り立ててくる。

とたん、性感を直接つま弾くような歓喜がぐりゅぐりゅと噴出し、脳裏で閃光が弾けた。

「あぁ、ぁン……っ」

「そら。もっとイイ声を聞かせろ」

ぬぶっ、ぐぷっと、小刻みに腰を前後させながら、彼はひどく感じてしまう場所だけを、ぐいぐい刺激し続ける。

「やぁあっ！　いやっ……あ、ぁっあぁっ……！」

巧みな淫戯は意識が飛ぶほどに気持ちよく、アイディーリアはしゃにむに腰を振り立てる。

「だっ、だめぇっ……こんなっ……こんなのっ、だめっ！　あっ、……あぁっ……」

シルヴィオの——彼の一族が受けた仕打ちへの贖罪のはずだった。彼が与えてくる苦しみに耐えるはずだった。それなのに——。

(ダメっ、……こんなに感じてしまうなんてっ……！)

淫らなことに溺れてはいけない。これは罰なのだから……こんなにもいやらしく、我を忘れて快楽を貪るなど、あってはならないことだ。それなのに、感じきっている身体が言うことをきかない。

パンパンと彼の腰がぶつかるたび、下腹が熱く痺れ、猥りがましい声がこぼれてしまう。

「あぁっ、はぁっ、……ぁあっ、ぁんっ、……ぁあンっ……！」

嬌声を聞くうちに彼の動きが激しさを増した。

自ら締めつけてしまう蜜洞を、何度も力強く擦り立てられ、身体が宙に浮くような感覚に見舞われる。

気がつけば、耳をふさぎたくなるほど甘ったるい声が、ギシギシときしむ寝台の音と共にあたりに響きわたっていた。

揺れ弾む双乳を片手でつかみ、彼は執拗に腰を打ちつけてくる。

まるで主人は自分だと示すかのように。

そしてまた、次から次へと湧き出ずる快楽に啼き喘ぐアイディーリアに、淫蕩な本性を思い知らせるかのように。

処女を奪うには酷なほどじっくりと時間をかけて、ずんずんと突き上げを続ける。

やがて抉られ続けて痺れた奥が、吸いつくように灼熱の先端を包み込むに至って、彼は含み笑いをもらした。

「胸はたわわで、どこもかしこも感じやすい、いやらしい身体だな。いよいよもって修道院なんかで腐らせておくのはもったいない」

「ちが——ぁぁっ、んふぁぁ……っ！」

言葉を発する前に、ひねるような腰の動きでぐりゅぐりゅと蜜壁を押しまわされ、生じた愉悦に大げさなほど煩悶する。

弓なりに反り返った身体を、彼はさらにひどく責め苛んできた。痙攣する腰を両手でつかみ、自分に引き寄せるようにして深々と結合させた下肢を小刻みに揺らしてくる。

熱く硬い切っ先で、ぐりぐりと奥の性感を捏ねられ、アイディーリアはつかまれた腰を突き上げるようにして啼き喘いだ。

「やぁっあぁっぁぁ……！」

全身が燃え上がるように痺れ、淫悦の大波が押し寄せてくる。

激しく昇り詰める壮絶な感覚に、白い喉を反らせ、あられもない悲鳴を上げた。

「————っ……!!」

尾を引く高い声を発しながら、つま先をぎゅっと丸め、深い歓喜にブルブルと打ちふるえる。

そんな中、奥で彼の欲望が共に果てるのを感じた。

内奥で精の迸りを受け、その感触にもぞくぞくと愉悦がわき起こる。

空高く放り出されるような陶酔の後——波の頂点から少しずつ現実に戻ってくる。

アイディーリアは、ドッと汗ばんだ身体をひくつかせ、息も絶え絶えに横たわった。

「あ、……はぁっ、……はぁ……っ」

激しすぎる法悦の余韻に、ぼんやりと虚空を眺めていた目を閉じる。と、ぴたぴたと頬をはたかれた。

「寝るにはまだ早いぞ。俺はまだ満足してないんだ」

一方的な言と共に、つながったまま上体を起こされる。どういうわけか、ほとんど衰える様子のない昂ぶりに体内を抉られ、ビクンと腰が跳ねた。

「ふぁ……っ」

「こんなんじゃ前菜にも足りない」

耳を疑うようなことを言うと、胡座をかいた彼と向かい合い、その腰を跨がせる体勢で抱きしめてきた。

アイディーリアは自重によって、膨れ上がった亀頭で奥深くを穿たれ、ビリビリと痺れた背筋をこわばらせる。

「ひぁっ……！」

バランスをくずして後ろへ倒れそうになり、とっさに逞しい首筋に腕をまわしてしがみついた。すると、二人の間でつぶれた胸のふくらみが、むにゅむにゅと彼の胸に押しつけられる。

シルヴィオが低く笑った。

「これはたまらん」

彼の欲望は硬度を取り戻したばかりか、先ほどよりも逞しい楔となってアイディーリアの蜜壺を貫いてくる。

鋭く腰を突き上げられ、どすんっと奥を抉られ、脳髄（のうずい）まで貫く喜悦に悲鳴を上げる。

「あぁぁ……っ」

「しっかりしがみついていろ。俺に慈悲を乞い、俺にこの身体で奉仕しろ。神を忘れて俺に仕えるんだ。そうすればこの先も悪いようにはしない――」

快楽に我を失い、必死にしがみつく細い肢体を、彼は逞しい腕をまわしてしっかりと支えてきた。

わずかに笑みを浮かべた男らしいくちびるも、鋭く険しい眉目も、五年前の面差しと重なったかと思えば離れ、離れたかと思えばまた重なる。

（シルヴィオ……）

想う相手の気配を少しでも感じようと目を閉じれば、聞こえてくる声は、記憶の中にあるまま。

「アイディーリア……っ」

深く噛みしめるように名を呼ばれ、胸の奥がたまらなく疼く。

愛する男の欲望に支配される夢想に心を飛ばしながら、アイディーリアはくり返し突き上げられる快感に長いこと——初めての身には過ぎた快楽に意識を失うまで、陶酔し続けた。

三章　不道徳な蜜月

国王と王妃が、アイディーリアを外交の供物に捧げたという事実は、すぐに人々の知るところとなった。

この国では男性の貴人の世話は男性の従者が、女性の貴人の世話は侍女がするのが慣例である。男性の貴人が、伴侶や婚約者でない女性を連れまわす場合、その意味するところはただひとつ——。

修道女見習いの服を脱ぎ、はなやかなドレスをまとうようになったアイディーリアに、宮廷の人々は白い目を向けてきた。

たとえ婚約中であったとしても、結婚前の娘が男を知ることが大変な醜聞となる宮廷で、結婚の約束をしているわけでもない男に身を許すなど、考えられないほど恥ずべき行いである。

シルヴィオはといえば、眉をひそめる周囲の眼差しもどこ吹く風と、二人の関係を隠そうともしなかった。

それどころかアイディーリアに、まるで既婚女性のように露出の多いドレスを着せ、時には人前で膝に乗せることもあるほど。夜の女と同じ扱いである。

ふしだらな立場に甘んじるアイディーリアにも、人々の嫌悪の声は高くなる一方だった。

「ルヴォー家の令嬢ともあろう方が、最低限の恥も知らないのかしら」

「きっと初めから清貧の生活には合わない方だったのよ」

「あの胸を見たか？　悩ましい魅力の持ち主だ。夜の接遇にはおあつらえ向きだろう」

「夜だけでなく、昼間も人目を盗んで破廉恥な遊びにふけっているとか」

行く先々で、人々の心ないささやきが絡みついてくる。

「見ろ。あのなまめかしい美しさを」

「いやだ。視界に入れるのも不快だわ。あら――」

貴婦人たちは、アイディーリアが近づくと、決まって連れ立って逃げていった。

敵国の将に身を売る女への侮蔑の視線を残して。

（針のむしろだわ……）

これまで誇り高く生きてきたアイディーリアにとって、周囲からその種の軽蔑を受けるのは、気持ち的に大変な負担だった。

かといって反論もできない。実際、自分はシルヴィオの慰み者であるのだから。

否。ただ好きにされているだけではない。

こうして共に舞踏会に出席する時など、美々しく着飾った彼と並んで歩き、その肘に手を置いて歩くだけで、抑えがたく胸がさわいでしまう。

人柄がだいぶ変わってしまったとはいえ、彼はアイディーリアにとってまごうことなき初恋の相手だった。

五年前の事件がなければ、自分達は今頃こうしていたのではないかなどという——埒もない夢想にふけり、ひそかに幸せを噛みしめてしまう。

あたりを払う凛々しい立ち姿に、気がつけば見とれていたりする。

(つまりみんなの責めるような視線も、あながち的外れではないのよ……)

きらびやかにして、盛大な舞踏会で人々に囲まれるシルヴィオを眺めつつ、そんな思いを噛みしめた。贅をつくして着飾った宮廷人の中にあっても、アイディーリアの目には彼ひとりが際立って映る。

大広間を照らす無数のシャンデリアの光を一身に受けているかのように、そこだけがまばゆく輝いて見えるのだ。

今夜は、メディオラムの使節を迎えるための舞踏会である。

軽快なワルツの流れる中、使節の長であるシルヴィオは軍服の白い礼装に身を包み、招待客に囲まれていた。

アイディーリアもまた石榴色のドレスに身を包み、彼の傍にひっそりと立つ。

自分の趣味からするとはなやかすぎるが、「地味な女を連れ歩いても楽しくない」というシルヴィオの意見に押し切られてしまった。

大胆に開いた襟ぐりは、ウェストを絞り上げたコルセットのせいで、胸がこんもりと盛り上がり、はしたないほど深い谷間を刻んでいる。

部屋を出るまでは、銀のレースのショールで胸元を隠していたものの、「美しいものをなぜ隠す？」と、シルヴィオによって剝ぎ取られてしまった。そのせいか、妙に周りの男性客の視線を感じてしまう。

居心地の悪さに身じろぎをした時、姉のベアトリーチェが近づいてくるのに気がついた。

「かわいい妹、来てくれたのですね……！」

にこやかに言いながら、彼女はまずアイディーリアを軽く抱擁してくる。その陰でひっそりとささやいた。

「どう？　何かわかった？」

シルヴィオがルヴォー家に対してどのような復讐を企んでいるのか。

探り出せと言われても、なかなか難しい。

「いえ……」

頼りない妹の返答に、彼女は扇の陰で低く叱咤する。

「早くなさい。役に立てば、すぐ解放してあげるわ」

こちらの返答を待つことなく、彼女は扇を閉じてシルヴィオに向き直った。

「これはノエルハイム大公！　楽しんでいただけているかしら？」

シルヴィオも優雅に頭を下げる。

「王妃様。盛大な舞踏会を開いていただき感謝しております」

「そうかしこまらないでくださいな」

ベアトリーチェはいっぱいに開いた扇であおぎながら、艶やかにほほ笑む。

「使節の皆様は、先月まで国境の戦場にいらしたとか。今宵はこの王宮で、花の都らしい優雅な時間を楽しんでくださいましね」

「おそれいります」

「我が国ではダンスの上手な男性が人気ですのよ」

「では――」

ダンスをするよう促されたと捉え、アイディーリアの手を取ったシルヴィオに、王妃は芝居がかった仕草で首を振る。

「あぁ、ご無理なさらないで。お国のダンスとちがって、我が国のステップは複雑ですから」

「醜態をさらさぬよう努めましょう」

歩き出したシルヴィオの背後で、ベアトリーチェはわざとらしく手をたたいた。

「楽団にテンポを落とすように言って。ノエルハイム大公に恥をかかせては申し訳ないから」

周囲の者達がひっそりと笑いを噛み殺す気配がする。

シルヴィオは、近づいてきた部下に何事かを耳打ちしてから、アイディーリアと向かい合った。

踊り出しながら、つい姉の代わりに謝ってしまう。

「申し訳ありません。姉が失礼なことを申し上げて……」

主だった使節の人員が武官であることをあげつらうような発言。

そして複雑なダンスなどできるはずがないと決めつけた指示。

どちらも礼を尽くしているように見せながら、その実貶めて笑いものにする、宮廷にありがちな陰湿な仕打ちである。

そもそもシルヴィオはこの国で生まれ育った貴公子なのだから、踊れないはずがないことくらい知っているだろうに。

だが彼は軽く肩をすくめるだけだった。

「こちらの国のほうが文化的には優れていることを誇示したいのだろう。精いっぱいの虚勢だ」

そう言う彼のステップは、どこまでも軽やかにして優雅である。

王妃の指示でゆっくりになっていた音楽のテンポが少しずつ戻ってくるも、まったく問題はなかった。

そうこうするうち、シルヴィオの部下のロベールが、王妃にダンスを申し込むのが目に入る。

茶褐色の波打つ髪をゆるく束ねたロベールは、シルヴィオの部下の中でもとびきり洒脱（しゃだつ）な伊達（だて）男だ。

美貌の軍人からの誘いに、姉は気取って応じていた。

アイディーリアはついつい余計な心配をしてしまう。

「大丈夫でしょうか？　姉は時々、意地悪してわざとステップを混乱させます」

と、シルヴィオはニヤリと酷薄な笑みを浮かべた。

「問題ない。見ていろ」

「え？」

二人の見守る先で踊り出したロベールは、音楽もステップも関係なく思いきり王妃を引っ張りまわす。

王妃は悲鳴を上げて逃げようとしたものの、ロベールが手を放さないため、そのまま振りまわされ続けた。おまけに。

「そら！」

ロベールは、かけ声と共に近くにいた仲間に王妃を放って渡す。

と、受け取った仲間もフラフラしている王妃の腰を取って踊り始めた。メチャクチャなステップで、右に左にとくるくる回した後、ロベールに放って戻す。

「戦場風のステップを楽しんでいただけましたか？」

わざとらしくほほ笑みかけるロベールの足下に、目をまわした王妃がくずれ落ちた。

さんざん振りまわされたせいか、美しく結い上げた髪もぼろぼろである。

「申し訳ございません、王妃様。ついはしゃいでしまいました」

気取った仕草で差し出したロベールの手を払いのけ、ベアトリーチェはひとりで立ち上がった。

「野卑(やひ)な田舎者だこと！」

ひと声そう怒鳴るや、怒って退出していく。その後を国王が追いかけた。

「王妃！　王妃よ、待ってくれ……」

それを見送って、シルヴィオの部下達がドッと笑った。シルヴィオもまた冷笑を浮かべている。

「シルヴィオ様……」

「こちらも国の代表で来ている。笑われっぱなしというわけにはいかないのでな」

薄い笑み混じりだった彼は、そう言いながら、ふと傍らをふり向いた。

アイディーリアがそちらを見ると、険しい顔をした男が近づいてくる。

立派な身なりの壮年の男は、ひどく腹を立てた様子で抗議してきた。

「いくらなんでも無礼ではありませんか。我が国の王妃を、あのように不作法に扱うとは……！」

シルヴィオが小声でささやいてくる。

「誰だ？」

「わたしの父の従弟で、今のルヴォー家当主です」

簡潔に返すと、シルヴィオは一歩前に進み出た。

「これは失礼。部下の悪ふざけをお詫びします」

「負けた国の王族をあざ笑うのが貴国の流儀か！」

大きな声での糾弾にも、彼は落ち着いて応じる。

「我々はあくまで、この国との友好を望んでいます。隣り合う国同士、今後は良い関係を築いていきたいものです」

礼儀正しく、表面上とはいえ親しみを込めての対応に、当主は毒気を抜かれたようだった。

「……まことにおっしゃる通りで」

勢いを失った相手に、シルヴィオはさらに一歩踏み込む。

「休戦に向けての協議にも、ぜひ貴殿の力添えをいただきたい」

しかし当主は熱のない口調で返した。

「私だけでなく、宮廷中の人間が平和のために尽力するでしょう」

おまけに少し言葉を交わしただけで、妻を伴いそそくさと離れて行ってしまう。

シルヴィオはその後、他のルヴォー家の人間にも積極的に声をかけたものの、皆どこか及び腰で、同じような反応を見せる。

後でふり返ってみて、彼と三分以上話した者はひとりもいなかった。

部屋に帰ったシルヴィオは、それまでの礼儀正しさが嘘のように粗野な振る舞いに戻る。脱いだ上着を居間のテーブルに放り出し、音を立てて引いた椅子に腰を下ろした。

「あれがルヴォー家の新しい当主か。君の父上は亡くなったそうだな。なぜ？」

「……心臓発作で急死しました」

無表情で答えるアイディーリアの様子に、彼は口の端を持ち上げる。

「最期は娘にしてやられたか。似合いの幕引きだな」

それは、姉が手をかけたと断定する言い方だった。しかし何も言い返せない。

父と姉が国政の実権をめぐって、犬猿の仲だったのは有名な話だ。

この宮廷では誰もが同じように考えている。

アイディーリアは考えないようにしていた。修道院でその知らせを受けた時、父が自らの道を進んだ末に迎えた最期を思って祈り、少しだけ泣いた。

そしてしばらくは姉の天下が続くかと思ったが——今はこんなことになっている。

運命の皮肉さを感じながら、アイディーリアは彼の上着をきれいにたたみ直した。

シルヴィオは椅子の背に腕を乗せ、思案顔になる。

「ルヴォー家の反応をどう思う?」

「……シルヴィオ様を歓迎している様子ではありませんでした」

シルヴィオは戦争で優位に立つ国の使節の長だ。本来であれば向こうから取り入ってくるものだろう。

しかしルヴォー家の当主は声高に——まるで反対姿勢を周囲に示すようにシルヴィオに抗議し、他の者もそれに倣った。

「おそらく……五年前の負い目があるのでしょう。今はシルヴィオ様の顔を見ることすら後ろめたいのではないでしょうか……?」

自分の考えを告げ、そっと様子をうかがう。

実のところ、彼がルヴォー家に近づこうとする真意がわからなかった。

姉によると、過去の事件よりも、現在の使命を果たすことに集中しているということだが、あれだけの惨劇について何の恨みも持たず仇敵と手を組むなど、そんなことがあるだろうか……？

彼は長い脚を行儀悪くテーブルの上に乗せ、しばらく何やら考え事をしていた。が、じっと見つめるアイディーリアの目に気がつくと、思案を放り出すように手招きをする。

「まぁいい。まだ始まったばかりだ。そんなことより——」

近づいて行ったアイディーリアを、いつものように自分の膝の上に座らせ、彼は両腕ですっぽりと囲ってきた。

「おまえのドレス姿を見た時の、男共のあのやに下がった顔を見たか？　鼻が高くてしかたがなかったぞ」

上機嫌でそんなことを言いながら、大きな手でアイディーリアの豊かな胸をドレス越しに愛撫し、うなじに吸いついてくる。

「……んっ……」

「まったく、昔の自分にはあきれるしかない」

戯れを言いながら、右手の指がくちびるをなぞってきた。

「昔、この可憐なくちびるを吸うのは結婚してからなどと考えていたんだからな」

「……………」

「そのくせ、この胸を揉んだら、おまえはどんなふうに悶えるのかと夢想して、毎晩悶々としていた」

ささやきと共に不埒な左手が、埋もれるほどに強く柔肉を揉みしだいてくる。

乱暴に揉まれ、早くも胸の先が凝っていくのを感じながら、アイディーリアは首を振った。

「……まさか……」

「本当だ。あの頃の俺に、アイディーリアのここは、少しふれただけで蜜をこぼして歓ぶんだと教えてやりたい」

石榴色のドレスのスカートの裾から差し込まれた手が、下着越しにその場所を刺激する。

ゆるゆるとした指先の刺激に肌がそそけ立ち、ビクリと背をふるわせる。

「……ぁっ……」

上気した顔で首を振り続けるアイディーリアに、彼はいたずらめかして告げてきた。

「きっとさらに悶々としただろうな」

耳元で低くささやきながら、指はなまめかしい動きで溝をたどる。

「もしかしたら我慢できずに襲っていたかも」

「……ぁ、……ぁっ……」

秘めやかな場所を無遠慮にくすぐられ、アイディーリアの息が熱く乱れ始めた。

ぞくぞくと身体の芯が熱く疼き、悩ましい熱が全身を満たしていく。

色めいた吐息をこぼすうち、大きく開いた襟ぐりに男の手が差し込まれ、コルセットに押し上げられている柔肉を引っ張り出してしまった。

ドレスを身につけたまま、たっぷりとした双乳だけが、ぷるんと外にまろび出る。

かと思うと、すでに芯を持っていた乳首をきゅぅっとつままれ、あえかな声がこぼれた。

「あっ……ぁ、……んっ……」

「もうこんなに硬くして。すっかりいやらしい身体になったな」

つままれた乳首を強くひねり上げられ、さらに高い声が出てしまう。

「――あぁっ……」

数日にわたり毎夜情事をくり返したことで、アイディーリアはずいぶん彼の愛撫に慣れていた。

嬲るような指戯にも、淡い痛みの中からしっかりと愉悦を拾ってしまう。

逃しようのない昂ぶりが身の内で膨れ上がり、いやいやと首を振りながら堪え忍ぶ。

シルヴィオは、自分の手からこぼれんばかりの柔肉を、さらに好き勝手に揉みしだき、うっとりとため息をついた。

「この豊かな胸は、一日のどんな疲れもたちどころに癒やしてしまう」

部下達とのやり取りから察するに、シルヴィオは快楽をあけすけに愉しむ質であるようだ。これまでは特定の相手を持たず、若くて美しい女たちと手軽に遊んでいたらしい。

今はアイディーリア以外に女性の影はないが、それは初恋の想いを引きずっているというよりも、神に仕える道に進もうとしていた女を堕落させる遊びに熱中している、というほうが正しそうだ。

あるいはそれは、多少なりともルヴォー家に復讐したいという思いゆえなのだろうか。

「修道女になるはずだった女だ。胸を揉まれたくらいで陥落するはずがないよな」

わざとらしい言葉と共に、花弁をいじっていた指が、下着の中に潜り込んでくる。

「あっ、だめ……っ」

「なんてことだ——もうぬれているじゃないか」

芝居がかった口調であげつらわれ、頬がカァッと赤く染まった。

無遠慮な指はすぐさま割れ目をなぞり、すでにあふれていた愛液のぬめりを借りて、蜜口を暴きにかかってくる。

「乳首をかわいがられただけで、こんなにぬらしたのか？」

白々しく問いながら、彼はそこにぬぷりと指を挿れ、隘路の中でゆっくりと前後させた。

くちゅくちゅと、思わせぶりに中をかきまわされ、みるみる身体から力が抜けていく。

「ぁン……っ」

甘い啼き声を漏らし、羞恥を噛みしめるうち、さらにもう一本、別の指が挿し込まれてくる感覚に息を詰める。

「や、まだ……きつい……っ」

身をよじって逃れようとすると、制止するように乳房をぎゅっとつかまれた。

「力を抜け。いじってやるから」

耳朶に息を吹きかけるようにささやかれれば、拒むことはできない。彼に捧げられた供応品の身としては。

おとなしく彼に背中を預けると、ほどなく指は、臍裏(へそ)にあるアイディーリアの弱点をゆるゆると擦り始めた。

「んっ、やぁっ……そこ……っ……！」

たった指二本で、彼はアイディーリアの官能を容易く燃え立たせる。

臍裏にある鋭敏すぎる部分を指の腹でくりゅくりゅされると、得体の知れない感覚が腹の奥で湧き上がり、甘ったるく痺れていく。

そこが弱いと知っているから、彼は丹念にそこばかりを擦るのだ。

「あぁっ、……あっ、だめっ……それ、しないで……っ」

頭を振りながらの懇願に、彼は笑って応じる。

「ここは、もっとしてと言ってるようだぞ」

重ねた指でゆるゆると性感を刺激され、ぞくぞくとうねり立つ歓びに、アイディーリアは彼の膝の上でびくびくと腰を揺らした。

「あぁっ、……はぁあっ……」

指を咥え込んだ淫唇が、ぐちゅぐちゅと淫らな音を立てる。

動く指をきつく内部で締めつけながらも、「だめ……だめぇっ……」と喉を反らして淫らに啼く愛人に、シルヴィオはフッと笑った。

「俺が欲しいか？」

耳元での直截(ちょくせつ)的な問いに、アイディーリアは顔を真っ赤にして口ごもる。すると彼は「欲しいと言え」と追い打ちをかけながら、ぐいぐいと下肢を押しつけてきた。

アイディーリアは、臀部に当たる熱くて硬いものの感触に喘ぎ、羞恥の涙を浮かべて小さくうなずく。

「……ほし……です……」

か細い声で応じると、彼は視線で目の前のティーテーブルを指した。

「ならそこにのれ」

円形のテーブルは、四人でお茶を飲むのにぴったりな大きさである。

彫刻で装飾の施された猫脚は金で塗られ、天板にはアイボリーの大理石がはめ込まれている。

酒脱に見えて重く頑丈な作りであるため、人がひとりのったくらいではびくともしなそうだ。

シルヴィオは挑発的に顎を上げた。

「のって、挿れてほしいところを俺に見せてみろ」

「…………っ」

無慈悲な指示に、アイディーリアは思わずすがるように相手を見る。

しかし相手は薄い笑みを浮かべたまま、見つめてくるばかり。

容赦する気持ちはなさそうだ。

しかたなくアイディーリアは彼の膝の上から下りると、言われた通りにドレスを着たままテーブルに腰かけた。そして、シルヴィオによってすでに脱がされかけていたドロワーズを取りのぞき、石榴色のドレスのスカートを持ち上げ、彼に向けて脚を開く。

こんな恰好で秘処を露わにするのは、裸になってそうするよりも恥ずかしい。

おまけに言うまでもなく、襟ぐりからは双乳までもがこぼれているのだ。

眩暈がしそうなほどの羞恥を堪えるアイディーリアの様子を、しばらく眺めて愉しんだ彼は、やがてそこに手をのばし、指で淫唇を左右にくつろげた。

「俺に開発されて、すっかり淫らに咲きほころぶようになったな」

「……言わないでください……」

赤く腫れて色づいた花弁が、こんな状況にあっても蜜をにじませているのを感じ、燃えるように頬が熱くなる。

彼は先ほどまで中をいじっていた二本の指をふたたび押し込んできた。

「はぁンっ……」

「もっとだ。ここを何度も俺のもので拡げて、俺の顔を見ただけでぬらすようにしてやろうな」

ぬぶぬぶと埋め込んできた指で、先ほどと同じ箇所をやわやわと刺激してくる。

「ぁ、んっ、……んんっ……」

甘く沸き立つ官能に眉根を絞っていると、彼は挑発的にアイディーリアを見つめながら、そこに顔を寄せてきた。

さらには舌をのばし、真ん中でぴんと勃つ花芽をねろりと根元から舐め上げる。

「やあぁっ……!?」

アイディーリアはひときわ高い嬌声を放ち、全身を大きくふるわせた。

ねっとりとしながらも鋭い快感に全身を貫かれ、身体を支えていた手から力が抜けそうになる。

苦悶に頭を振る間にも、強靭な舌はねりねりと花芽を弄び、ぬるりと押しつぶしてくる。

「あぁあぁっ……」

下腹の奥が灼けるように甘く疼き、内股がビクビクと痙攣した。

ぐっしょりとぬれた花弁もまた淫らにひくつき、中で蠢く指をきゅうきゅう締めつける。

口元を蜜でぬらしたシルヴィオは、満足そうに笑い、締めつける蜜洞の弱点をなおも指でぐいぐい刺激してきた。

「やぁあぁっゆびっ、だめぇぇ……っ！」

内側と外側、両方からの過酷な淫虐に、アイディーリアは瞠った瞳からぽろぽろ涙をこぼす。

「シルヴィオ様、も、許して……許してっ……はぁっ、あっぁぁ……！」

「二度と、修道女になろうなんて考えられないような身体にしてやろう」

「はぁっ、いやぁっ、……あっ、もう……許してくださ……あっ、やぁぁっ……ぁあぁ……！」

莢(さや)を剝かれ、息をふきつけられるだけでも感じてしまう核芯を、ぬるついた舌先に扱かれると、びりびりと痛いほどの官能が弾け、身体が魚のように跳ねてしまう。

意識が遠のくほどの強烈な歓喜に、子犬のように啼きながら腰を振りまわした。

快感に溺れてのたうつ姿は、彼をいたく満足させたらしい。

「股ぐらに男の頭をはさんで身もだえる気分はどうだ？　俗世を生きる女の特権だぞ」

「ひぁっ、ぁあっ、もう……、……あンっ、もうやぁあぁ……っ」

「もっと舐めてくださいって言ってみろ。そうすれば終わらせてやる」

肉厚なわりに器用に動く舌で、延々と核芯を嬲り続けながら、シルヴィオは上機嫌に言う。

「ほら、言えよ」

上目遣いで促され、アイディーリアはすすり泣きながら応じた。

「――……もっと……舐めて……っ」

「聞こえない」

「そこを、もっと舐めてくださ――……ぁあぁ!?」

ちゃんと言うことを聞いたというのに、シルヴィオの仕打ちには容赦がなかった。

ぬれそぼった花弁の中、ぷっくりと腫れて勃つ淫芯に歯を立てられ、アイディーリアはきつく全身をこわばらせる。

「ヒッ……!　かっ、嚙んじゃ、いやぁぁぁ……っ」

深く鋭い快感の沼に囚われたまま、髪を振り乱し、高く喘ぐばかり。

びくびくと下肢を大きく痙攣させ、幾度となく軽い絶頂に達してしまう。

身体を支えていた腕からも、すっかり力が抜けてしまったアイディーリアは、テーブルの上で右に左にと身をよじり、後から後から押し寄せる途方もない喜悦にひたすら悶絶し

た。

しかし——

我を忘れて喘ぎながら、一方で彼を想う自分の気持ちと、自分を欲望をぶつける相手としか見ていない彼の言動との差異に、胸を締めつけるようなさみしさを覚える。

他の男性と関係を持ったことがないためくわしくはわからないが、彼の愛し方は、どうしても恋人に対するものとは思えない。

彼を想えばこそ、アイディーリアは内腿にふれる髪の毛の感触にすら感じてしまうというのに。

シルヴィオにとって自分は、これまで抱いてきた何人もの女と同じ。あくまで欲望を満たすための相手にすぎないのだろう。

(シルヴィオ……)

気持ちの齟齬に気づいたまま、必死に快楽を追うアイディーリアの腰をがっしりとつかみ、彼は硬く勃ち上がった淫核をじゅるじゅる音を立てて吸い立ててくる。

「くぅっ、ぅっ、あンっ！　すうの、やぁっ！　……すわないでぇ……っ」

熱い舌に踊らされてうねる下肢は、快感にぐずぐずと溶けてしまいそうだった。

気が遠くなるような恍惚の他、何も考えられなくなる。

官能はたちまち頂に向けて駆け上がり、中の指をきつく絞り上げて本格的な絶頂に至る。

「いやぁぁっあぁぁ――……！」

高みに達したと思われたとたん、腫れた淫核をこりっと歯で甘噛みされ、アイディーリアは一瞬意識が遠くなった。しかし次の瞬間、張りつめた核芯をちゅぅぅっと吸われ、強制的に現実に引き戻される。

「――ぁあっ！　……やぁっ、おかしくなるからっ……ぁぁぁ……！」

続けざまの快感に、指を挿し込まれたままの腰を、大げさなほど振り立てる。

おそろしいほどの淫戯にすすり泣きながら、何度も何度も襲いかかってくる快感の荒波にただただ耐え続ける。

「……も、……やぁ……っ」

もちろん、彼がこうまで入念に甘い責め苦を加えてくるのには理由がある。

ハァハァと息を乱し、テーブルの上でぐったりするアイディーリアを見下ろして、シルヴィオは自分の目の高さまで手を持ち上げた。

「ほら、見ろ、こんなにして……。これで清貧の生活に戻れるのか？」

わざとらしく開かれた指の間で、蜜が糸を引き、ぽたぽたとしたたり落ちる。

「――……」

アイディーリアは涙にぬれた顔を背けた。

これも遊びの一環なのか。

彼はいつもこうして、アイディーリアの身体がいかに修道女に向いていないかを突きつけてくる。

「……まぁいい」

シルヴィオは脚衣の前をくつろげて、顔に似合わぬ凶悪な彼自身を取り出した。

「次は俺を満足させてもらおう」

「あ……っ」

達したばかりの雌しべはずきずきと疼き、蜜口はひくひくと、絶え間なく収縮をくり返している。

ぬれそぼったそこに、彼は灼けた鉄のような熱杭を押し当ててきた。

「さぁ、天国に連れてってくれ」

そう言うや、ぬぶり……と、こじ開けるように鋭く突き込んでくる。

「あぁぁ……っ」

小刻みに揺さぶられながら押し込まれてくる灼熱に、大きく開いた内腿がビクビクとこわばる。

それでも――まだ数日しか経っていないというのに、アイディーリアの中はすっかり彼のものに馴染んでいた。

猛々(たけだけ)しく反り返った屹立は、蜜の助けを借りて奥へ奥へと進んでくる。

「……ぁ、……はぁ……っ」

逞しい熱塊の侵入は、内臓が突き上げられるほど苦しい。

しかしその苦しさが官能の呼び水であることは、すでにいやというほど知っていた。

息が詰まるほどの重たい圧迫感を根元まで呑み込んだアイディーリアは、背筋を這い上がる歓喜に身をこわばらせて達してしまう。

「……あぁっ、ぁ、ぁンっ……！」

「昇天したのか？　早いな」

シルヴィオはニヤリと笑い、勝ち誇ったように腰を振り始めた。

「本来なら、おまえが俺を達かせなきゃならないんだぞ？」

奥まで深々と埋め込んだかと思うと、先端のくびれまで引きずり出す。

「……ぁあン……っ」

ずぶっ、ぬぶっと淫路の繊細な箇所を卑猥に捏ねられ、ぞわぞわと全身に鳥肌が立つ。

抜き挿しをくり返されるうち、またしてもこみ上げてきた耐えがたい淫悦に、アイディーリアはテーブルの上で身体をくねらせて懊悩した。

「気持ちいいか？」

「……はいっ……、ぁっ、……いぃっ……っ」

「清く正しく生きていたら、こんな快楽は味わえない——」

そう言う彼も、たっぷりと下準備をした蜜壺の蕩け具合と、熱杭を奥へ引き込もうとする動きに陶酔しているようだ。ことさらゆったりとした抽送で、隘路の締めつけをじっくり味わっている。

したたるような劣情を宿した眼差しと見つめ合えば、彼の感じている官能が、欲望を通して伝わってきた。

ねっとりと熱く痺れるような快感は、秘所を舐められる直接的なものとはまたちがう、濃密な心地よさをもたらしてくる。

どくどくと脈打つ熱杭がねばついた水音を立てて抜き挿しされる歓びに、アイディーリアは喉をさらして喘ぐ。

突き上げた胸にシルヴィオが吸いつき、ねとねとと舌を這わせてきた。とたん、卑猥な陶酔が下腹に伝い、きゅんっと疼いて彼の欲望を引き絞る。

彼がなまめかしくうめいた。

「そう急かすな」

シルヴィオは薄紅に色づいたアイディーリアの大腿を抱え、少しずつ突き上げの勢いを増していく。

ぎちぎちと蜜壁を押し広げる熱の塊のような昂ぶりが、大きく引き抜かれ、またたたきつけるように押し込まれてくる。

大きく張り出した切っ先に臍裏をぐりぐりと擦られ、くり返し腰を跳ね上げた。

「あぁっ、ぁあっ、はぁぁっ……」

激しい突き上げに強く揺さぶられ、眩暈のするような愉悦がとめどなくあふれてくる。

ぐちゅぐちゅと音を立て、屹立を咥えたままの腰を無我夢中で振り立てる。

熱杭の先端がお腹の奥にぶつかるたび、甘い衝撃に脳裏が真っ白になった。

「やぁぁ、あぁっ、あぁぁっ……！」

たぷたぷと揺れる胸をつかんでもみくちゃにされ、あられもなく啼きよがるアイディーリアに、シルヴィオが苦笑混じりに言う。

「勝手に達くんじゃないぞ。おまえは、すぐにひとりで達ってしまうから」

そう言いつつ、不意打ちで下肢を押しつけ、感じやすい内奥を深々と抉る。

「はぁンぁあぁ……！」

奥の性感をねっとり捏ねまわされる快感に、背筋が骨まで溶けそうなほど強烈に痺れた。

同時に結合部では、下生え同士がグリグリと擦れ合うのだ。

ただでさえ充血して腫れている淫芯までもが刺激され、脳髄で破裂した白熱にすべてが包み込まれる――

「あ、ぃ、いく……！」

悲鳴を上げてのたうつ痴態を目で愉しみながら、彼は奥の弱点をなおも切っ先でぐいぐい押し上げてくる。

淫蜜がドッとあふれ出し、アイディーリアは突き抜けるような快感に何度も身体をこわばらせた。

「――――……!!」

激しい悦楽のあまり、声にならない声を張り上げる。

「勝手に達くなと言っただろう？　こらえ性のないやつだ」

「――、でも……っ」

数日の間に、数え切れないほど身体を重ねたのだ。

（わたしが、こうされると弱いのは、よく知っているはず……）

喉まで出かけた反論をアイディーリアは飲みくだした。

おそらくわざとだろう。きっと、さらに自分を追い詰めるための口実がほしかったのだ。

その証拠に、シルヴィオは上機嫌で言う。

「主人の言うことを聞かない世話係には罰を与えないとな」

そして一度ずるりと欲望を引き抜くと、テーブルの上で仰向けになるアイディーリアの、左の脚だけを高く持ち上げた。

くちゅ……という音と共に、二人分の体液でどろどろになった花弁がさらされてしまう。

「いや……、こんな……」

テーブルの上で、右側を下にした体勢で腕をつき、アイディーリアは弱々しく訴えた。

しかし彼は反り返ったままの屹立を、その部分にぬちゅぬちゅと押し当てて返す。

「たまらん眺めじゃないか。見てみろ。ぱっくり開いて、俺のを呑み込もうとしている」

見なくても、言葉通りそこが物欲しげにひくついて、灼熱の切っ先に吸いついているのはわかった。

いたたまれなさに声を詰まらせていると、彼は左脚を担いだまま、ずぶずぶと灼熱の塊を押し込んでくる。

「あぁぁふ……っ」

いつもとちがう角度での突き上げに、下肢がくずれてしまいそうなほど感じてしまう。

思いも寄らない場所を擦り上げられ、お腹の奥に力がこもった。ぎゅんっと蜜洞全体が収縮し、今度は彼が息を詰める。

何かを耐えるように動きを止めた後、彼は苦笑いと共にうめいた。

「……やってくれたな」

片脚を抱えたまま、ふたたび強靭な突き上げを開始する。

ずんっずんっと重く鋭く中を抉ってくる突き上げの激しさにテーブルの脚が浮き、ガタガタと音を立てた。

「……あぁ！　あぁっ、やぁぁっ……」

身体中に響くような振動が、容赦なく官能を引っかきまわす。

奇妙な角度から奥を抉られるたびに、腰の奥が甘く引きつり、身体中をわななかせる。

あと少しで達けるという状況が延々と続き、アイディーリアはせっぱ詰まった声を上げっぱなしになった。

「ひぁっ、ぁン！　ぁっだめ、もうっ……、とっ、とまらない……あぁっ、ぁあ、あぁっ……！」

けなげに熱杭にしゃぶりつき、引き込もうとする蜜壁をぐちゅっぐちゅっと攪拌（かくはん）しながら、彼は嘲笑混じりに言い放つ。

「こんなに感じやすい身体を持ちながら、修道女になるつもりだったのか？」

「――……っっっ」

軽蔑を感じて胸がしくしく痛む。しかし必死に首を振る間にも、奥のひどく敏感な場所を強く小刻みに責め立てられ、脳の芯まで痺れるような快感が走り抜けた。

頭の中がぐちゃぐちゃになり、目がくらむほどの快感がドッと押し寄せる。

「ぁぁっあぁぁっ……！」

あっという間に押し上げられた高みで、アイディーリアは熱杭に貫かれたまま、ビクン、ビクンと、腰を跳ね上げた。

立て続けの絶頂を噛みしめ、激しい陶酔に浸るなか、きつく締めつける蜜洞の中で彼の欲望が弾ける。

熱いものが奥に注ぎ込まれる感覚に、アイディーリアは霞がかった頭の端で深い悲しみを感じた。

無責任に欲望を放つ相手と、そのように扱われる自分のみじめさ——双方に対して。


居間での衝動的な情事を終えた後、シルヴィオはアイディーリアを寝室に引っ張り込んだ。

そこでふたたび情を交わした後、疲労困憊(ひろうこんぱい)して横たわるこちらの耳朶に、くり返しキスをしてくる。

「五年前、俺におまえをあきらめるよう説得してきたフォンタナ家の仲間の中には、『あんな堅物そうな女は不感症に決まっているから、絶対楽しめないぞ』って言うやつまでいたんだ。それも一人や二人じゃなかった。あいつらに教えてやりたいよ」

あえて息を吹きかけるようなささやきに、あえかに悶える。

「……や、ぁ……っ」

「残念、外れ——ってな」

喉の奥で笑いながら、彼は舌先をぬちゅぬちゅと耳の孔(あな)に押し込んできた。

官能の燠火を煽るいたずらに、思わず息を詰める。

そうしながらも、アイディーリアはちょうどよい機会だと、かねてから伝えようと思っていたことを、おずおずと切り出した。

「……あの事件の後、フォンタナ家の中には生き残った方もいくらかいるようです」

「そうか」

「もし、会ってみたいのでしたら探してみますが……」

「……なんだって？」

シルヴィオは、さすがに驚いたようだ。素に戻って身を起こす。

しかし――こちらの予想に反し、彼は迷うことなく首を振った。

「いや、勘弁してくれ」

「え？」

「今は責務のことで頭がいっぱいだ。余計なことを考えている余裕はない」

「ですが――」

はっきりとした拒絶は意外だった。

（もう少し喜ぶかと思ったんだけど……）

アイディーリアは控えめにつけ足す。

「……もしここにあなたがいると知れば、その方々は訪ねてくるかもしれません」

「言った通りだ。会えない。そう言って引き取ってもらうさ」

「――……」

驚くこちらから目を逸らし、彼は難しい顔でうめいた。

「メディオラムの王は、功績を挙げる者には厚く報いるが、役立たずには冷酷な恐ろしい方だ。決して失敗は許されない」

そして当たり前だが、王はルヴォー家とフォンタナ家の対立には何の興味もない。

とすると、そのために休戦交渉が停滞した場合、シルヴィオが責任を問われることになる。

あれこれ説明した後、彼は身を起こし、ふたたびアイディーリアに覆いかぶさってきた。

「あ――」

「そもそも俺はこの五年間、隣国でのうのうと生きていたんだぞ？　おまけに今やフォンタナ家よりも、メディオラムのことを考えなければならない立場だ。――どのツラ下げて会えるというんだ」

「それはそうですが……。それでもルヴォー家を恐れず活躍するシルヴィオ様の姿を見れば、今もこの国のどこかで隠れている親族の方々も希望を持たれるのでは……？」

「俺は、使命を果たすために必要なら、ルヴォー家とだって手を組む。身内が本当に生きているとして、それを許すと思うか？」

「……いいえ」

わずかに頭を振るアイディーリアの首筋に顔をうずめ、彼は「余計なことはするな」と念を押してくる。

「邪魔されるのはご免だ。これ以上問題を抱え込みたくはない」

閉め出すようにそう言うと、彼は煩わしいことから逃れるかのように、アイディーリアの豊かな胸に深く顔を埋めてきた。

⚜ ⚜ ⚜

五年前、シルヴィオは気がついたらメディオラムにいた。

身ひとつで当てもなくさまようちにたどり着いたようだ。

五年前——あの運命の日。

アイディーリアを置いて教会から出たシルヴィオを待っていたのは、フォンタナ家の者を血祭りに上げて快哉(かいさい)を叫ぶ都の人々だった。

親しい一族の者達が、次々に屋敷から引きずり出され、公衆の面前で嬲り殺しにされた。

シルヴィオは人々の後ろから、それを眺めることしかできなかった。

親戚を惨殺する街の人々も知り合いだったのだ。目の前で何が起きているのか、まったく理解できなかった。

それでも――たとえ命と引き替えになるとしても、家族だけは助けなければ。

身を隠しつつ、必死の思いで屋敷に戻ったところ、そこはすでに火の海だった。

その日は会議のため、屋敷には一族の主だった者達が集まっていた。彼らが中に立てこもったため、暴徒は外から扉にかんぬきをかけ、火を放ったのである。

両親も、妹も、他の者達も。シルヴィオの近しい人間は皆、その火に呑み込まれた。

窓ガラスの向こうに、炎に包まれ、もがく人影を見た。

「――……!!」

衝撃のあまり、ぼう然とするより他になかった。

泣くことも叫ぶことも、その時にはできなかった。

ふらつく足を叱咤して、無我夢中で街から脱出し、人気のない森の中に入ったところで泣きながら吐いた。

吐きながら絶叫し、絶叫しながらアイディーリアを想った。

優しく繊細な彼女は、きっと今頃深く嘆き、泣いていることだろう。

にもかかわらず傍にいることのできない現実に打ちのめされた。

それだけではない。彼女と幸せになる未来が、永遠に失われてしまった。

ここまで取り返しのつかない事態が起きては、夢を見ることなどできるはずもない。自分はこのまま、罪人のように身ひとつで国を追われるのだから。

もう終わりだ。何もかも奪われてしまった。

残されたのは、正気を手放したかのように泣き叫ぶことしかできない身体のみ。

慟哭する力が、いつ尽きたのかは覚えていない。この後のことは何も覚えていない。

確かなのは、次に隣国で我を取り戻すまでの長い間、亡霊のようにさまよっていたということだけ。

そしてアイディーリアと再会するまでの五年もの間、自分は本当の意味で生きてはいなかったということだけだ。


「大公、少しよろしいですか」

どこからともなく現れた副官のロベールが、さりげなく横に並んで声をかけてきたのは、会議と会議の間に王宮内を移動している最中だった。

どうやら廊下で待ち構えていたようだ。

歩きながら彼が手短に伝えてきたのは、先ほど届いたという本国からの連絡だった。

とりたてて至急の内容ではない。

「部屋に戻ってからでもよかったのに」

何気なく言うと、部下は片眉を上げる。

「ご冗談を。お部屋には大公の大切な世話係がいるじゃありませんか」

「何か問題か？」

「何かじゃありません。王妃の命を受けて大公のもとに送り込まれてきた女ですよ。こちらの動向を探っているに決まっています」

「よこせと言ったのは俺のほうだが……いちおう気をつけている」

軽く笑うと、彼はこれみよがしなため息をついた。

「だといいのですが」

「何が言いたい？」

「いえ、この国に来てから――あの女を傍に置いてから、大公の様子がいつもとちがうようなので……」

「……そうか？」

鋭い指摘に、わずかに動揺してしまう。

波打つ茶色い髪をゆるく束ねた優男は、毛先を指でいじりながら、探るような目を向けてきた。

「そもそもいつもなら、見知らぬ女を同じ部屋に住まわせたりはしないのに」

「言っただろう？　彼女は昔なじみだ。知らない人間じゃない」

「いやがる女を権力に物を言わせて縛りつけるなんてのも、あなたらしくありませんね。いつもなら、脈のない女をいつまでも引きずったりしないはずです」

メディオラムでは、アイディーリアを失ったことで自暴自棄になり、目についた女を手当たり次第に食い散らかしていた。心の中に深く根を張っていた想いを無理やり引き抜かれた痛手は大きく、抉れて血を流し続ける自我を慰めるのに、他の女をあてがう以外の方法を思いつかなかったのだ。

だが、一瞬たりとも痛みが消えることはなく、彼女の替わりになる者などいないことを痛感するばかりだった。

部下の追及に、苦しい思いで答える。

「彼女は仇の娘だ。……俺の家族や、一族郎党を死に至らしめたというのに、俺は今そいつらの協力を必要としていて、満足に報復もできない仇の娘」

力のこもったシルヴィオの言葉に耳を傾け、その娘を手許に置く理由を、ロベールは考えたようだ。

「……ルヴォー家が牛耳る宮廷に圧力をかけて交渉を有利に運ぶための、遠まわしな人質ってわけですか？」

腑に落ちない様子の問いに、歯切れ悪く返す。

「いや……」

俗世に背を向け、修道院に入ってしまった娘ひとりのために、彼らが国事に手心を加えるとは思えない。他ならぬ王妃が許さないだろう。

「弄んで思い知らせてやりたいだけさ」

簡単にまとめたところ、ロベールは鼻で笑った。

「どうだか」

長く一緒に戦ってきた部下は、何もかも見すかした目でこちらを見やり、足を止める。

「ま、本当に思い知らせてやりたくなった時は、俺達を思い出してくださいよ」

「…………」

そう言って離れて行く背中を、シルヴィオは苦い思いで見送った。

普段は女に愛想がいいものの、ロベールは暴力としての性行為を心得た人間だ。彼だけではない。荒くれ者の部下達は皆同じ。

敵対する相手の誇りをくじき、屈服させるのにもっとも手っ取り早い方法として、職務上の必要があれば、彼らはその方法を用いる。

(いや、人任せにするのではなく、あくまで自分の手で責め立てたかったんだ――)

記憶に残るロベールの眼差しに向け、アイディーリアを彼らに渡さなかった理由を釈明する。

重い気分で臨んだ会議は、事前に予想した範囲を超えない退屈なものだった。

議長席で、横柄に脚を組んで相手側に圧力をかけながら、シルヴィオの頭の中はアイディーリアのことでいっぱいだった。

(そもそも会うつもりはなかったんだ……！)

この国に戻ってくる前に、彼女が修道院にいることは調べがついていた。だがこの期に及んで関わるつもりはなかった。

自らの責務と目的の遂行に集中し、すべてが終わってから一度だけ彼女を訪ね、五年前のことで自分を責めないよう伝えられれば、それでいいと思っていた。にもかかわらず——

思いがけず再会してしまった、あの瞬間。

美しい大人の女になりながら、昔と変わらぬ声とほほ笑みを自分に向けてきた彼女を前にして、ひたむきだった初恋の激情が甦ってきた。手に入れたいという気持ちが、どうにも抑えられなくなった。

ロベールに言われるまでもなく、彼女が王妃の手の者として自分の傍にいることはわかっている。もっと言えば、ルヴォー家の娘を愛するなど、失われた多くの親戚達への裏切り以外の何物でもない。

少し考えれば、今すぐにでも彼女を修道院へ戻すべきだとわかる。

そんな理性の声に反して、今も手許に置き続けている。

それがなぜなのか、自分でも理解できなかった。

（ルヴォー家を許すつもりはない――）

シルヴィオはフォンタナ家の跡取りとして生まれ、大事に育てられてきた。

一族の者達を愛し、愛され、将来は彼らのために生きることを信じて疑っていなかった。

にもかかわらず惨劇をひとり生き延びてしまったのは、悪夢としか言いようがない。それも、敵の娘と密会していたために難を逃れたなど……！

自らの恥辱にふるえ、短剣をにぎりしめては何度も死のうと考えた。

そんな自分をこの世に留めたのは、復讐を望む一族の声だ。

シルヴィオの心の中に今も生きる家族や親戚達の声が、ルヴォー家に報いを、と叫び続けたから。

（もちろんだ。栄華を極め、過去を忘れてのうのうと暮らす連中に、フォンタナ家が受けたのと同じだけの恐怖と屈辱を与えてやる……！）

その一念を胸に異国でのし上がった。

今はまだメディオラム王の許す範囲でしか動くことができないが、今回の休戦交渉をメディオラム王の最終的な思惑に沿う形でまとめれば、シルヴィオはこの国で絶大な権力をにぎることになる。

その暁にはルヴォー家に不名誉な冤罪(えんざい)をなすりつけ、残らず血祭りに上げてやる――

固い決意をする一方で、アイディーリアと再会してしまった今は、彼女の目の前で、本当にそんなことができるのかと揺れる思いもある。

『フォンタナ家の中には生き残った方もいくらかいるようです。会ってみたいのでしたら、探してみますが……』

彼女の不意の申し出には、ひどく動揺した。

あの時、真っ先に考えたのは、ただひとつ。

そんなことをしたらアイディーリアといられなくなる。

それだけだった。

生き延びた者が本当にいるとして、暇さえあれば彼女を抱いている今の自分の姿を、見られるわけにはいかない。復讐のために辱めている——修道女を堕落させて愉しんでいるだけ、などと言ったところで、彼らが納得するはずもない。

そう考え、あれこれ理由を並べて拒否した。

(最低だな……)

五年前の事件により、自分と彼女が添い遂げる未来は完全に潰えた。

今はもう、そんな夢を見るべきではない。

(決して愛してはならない――)

頭ではよくわかっている。ではなぜアイディーリアを傍に置くのか？

心の中で自分を見つめる、死んだ家族や親戚達に向けて、シルヴィオは苦い思いで返す。

(愛するわけではない。復讐の手段だ。乱暴に処女を奪い、宮廷の人々の前で辱めた。彼女は今や皆の嘲笑の的だ。用済みになったらその場で捨ててやる)

そう、彼女を侮辱することによって、ルヴォー家の名誉にも泥を塗る。それが狙いだ。

(つまり、これは復讐なんだ)

そんな自分の声は、自分でも信じきることができなかった。そもそもロベールにすら気づかれたほどのおためごかしである。

それでも今は、そう信じないことには自分の行動を説明できない。

「――――」

シルヴィオは固く目をつぶった。

それは自分の真意に目をつぶることと同じと、思考の片隅で感じながら。

⚜　⚜　⚜

シルヴィオがルヴォー家への復讐よりも、休戦交渉の成功をより重要視しているというのは、どうやら本当のようだ。

二週間を彼と共に過ごし、アイディーリアはそう感じるようになっていった。

その証拠に彼は言葉通り、ルヴォー家の人間と積極的に親交を持とうとしている。彼らは現在この国の宮廷における実権を掌握しているため、どうしても無視しえないようだ。

そこに五年前の事件への葛藤は感じられない。

あるいはそれは、鉄壁の理性による偽装であるのかもしれないが、少なくとも表面上は、両家の因縁と戦争の事後処理とは別の問題と割り切っているようだ。

あくまでも平和的に両国の未来を築こうと——そのためにとりあえず五年前の出来事についての恨みは脇に置こうという彼の姿勢を目にして、アイディーリアも気づけば筆を執っていた。

父の従弟である、ルヴォー家の当主夫妻をはじめとする主だった親戚達に、シルヴィオからの働きかけに応じるよう手紙を書いたのだ。

過去と今とを切り離しているシルヴィオの努力を説明し、隣国と緊張した状況にある現在、彼との協力がルヴォー家にとっていかに有益なことであるのかを、理詰めで訴えた。ほんの少し折れて歩み寄るだけでいいのだと促した。

しかし反応は芳しいものではなかった。

皆、のらりくらりと勧めをかわすどころか、アイディーリアからこういった手紙をもらうのは困る、としたためて返してくる始末だった。

敵国の将の囲われ者と親交があると思われては恥だということか。

「…………」

いたたまれなさと、自分の力のなさに歯噛みする。それでもあきらめようとは思わなかった。

(……このくらいのことで落ち込んでいては、誰にも話を聞いてもらえないわ)

そう気持ちを奮い立たせ、宮廷などで親戚と顔を合わせるたびに、勇気を出して近づいていき、手紙と同じ説得を試みる。しかしやはり結果は惨敗だった。

大抵は話をする前に逃げられてしまい、残りはけんもほろろにあしらわれる。

理屈よりも、感情で動いているように見える彼らの態度がもどかしい。

(それとも、わたしが言うからダメなのかしら……？)

人気のないテラスに出て重い息をついていたアイディーリアに、従姉が声をかけてきたのは、そんな時だった。

「久しぶりね。元気そうで安心したわ」

三つ年上の従姉、マリアンナはそう言って、親しみを込めてほほ笑みかけてくる。

「マリアンナ。本当にしばらくぶりね。今どうしているの？」

「結婚して三年経つわ」

「知らなかった。今さらだけどおめでとう……」

軽い抱擁を交わしながら言うと、彼女は小さく笑った。

「昔よく、あなたとシルヴィオの密会に協力したわ。彼に会いに行く時、よく私を訪ねるふりをしたでしょう？　もちろん私もちゃんと口裏を合わせたじゃない」

彼女はそんな昔話をしながら、アイディーリアに頼みたいことがあると言った。

「夫を、しばらく外交使節としてどこか外国の宮廷に送るよう陛下にお願いしているのだけど、同じことを希望する人間が他にも大勢いるとかで、色よい返事をいただけないの。ベアトリーチェに訴えても全然ダメ」

彼女の夫は、ルヴォー家の人間にしてこの国の重臣である。様々なことで雲行きが怪しくなってきたため、ほとぼりが冷めるまで外国でのんびり過ごしたいのだという。

「だから、あなたからベアトリーチェに言ってくれないかしら？　うちの夫を優先するよう、国王陛下にお願いしてほしいって」

「姉はわたしの言うことなんか……」

「聞くわよ。でなきゃシルヴィオの接待役を降りると言えばいいわ。きっと折れるから」

けろりと言われたことに内心首を傾げつつも、アイディーリアはうなずいた。

「……わかったわ。頼むだけ頼んでみる」

「よかった！」

「その代わり、わたしもひとつ、お願いがあるんだけど……」

そう言うと、マリアンナは少し警戒したようだった。

アイディーリアは、このところ親戚達へ手紙で訴えてきたこと――ルヴォー家の未来のためにも今はシルヴィオに協力するべきと、彼女から他の親戚を説得してほしいと告げた。

「私が？」

「ええ、あなたの言うことなら耳を傾けてもらえるかもしれない」

「どうかしら……」

「でもこれはまたとない機会よ。ルヴォー家は、いつかきっと五年前の惨劇についての責任を取らなければならなくなる。その時のためにも、今は一丸となって彼の味方をするべきなのよ」

熱を込めてそう伝えたものの、やはり反応は今ひとつだった。

こちらに頼み事をしている手前、「考えておくわ」とだけ言い、マリアンナは人目を避けるようにして去って行く。

ため息をひとつつき、シルヴィオのもとへ戻ろうとしたところで、当の相手に声をかけられた。

「あれは誰だ？」

どきりとしてふり返れば、テラスに出るための窓にかかるカーテンの陰から、彼が姿を現す。

アイディーリアはばつの悪い思いで応じた。

「……聞いていらしたんですか？」

「聞こえたんだ」

テラスに出てきたシルヴィオは、アイディーリアを見据えてくる。

「このところルヴォー家の者達に、俺に協力するよう手紙を書いているそうだな」

「あなたを手伝ったほうが、ルヴォー家にとって益があると思いますので。……またわたし達は率先してフォンタナ家の生き残りを探し、保護するべきとも思います」

「保護？」

「国王陛下はフォンタナ家による報復を大変恐れ、いまだに生き残りを見つけると捕らえているそうです。このまま見過ごせば、いずれルヴォー家も同罪と見なされてしまうでしょう」

「――――」

彼は心底あきれた口調で告げてきた。

「ルヴォー家の未来より、自分の心配をしたらどうだ？　どれだけ心を砕いたところで、あいつらはおまえを蔑みこそすれ、欠片も感謝しないぞ」

「そうかもしれません。でもわたしは……ここでの役目が終われば、修道院に戻る身ですから……」

殊勝（しゅしょう）な言葉に、シルヴィオは不愉快そうに目を眇める。しかしすぐに、肩をすくめてせせら笑った。

「受け入れてくれる場所があればいいがな」

それも道理だ。敵に身を売るアイディーリアの悪評は、この近辺にすっかり広まってしまった。

おそらく格式の高い修道院はどこも、淫売と名指しされるアイディーリアと関わりを持つことを避けるだろう。

「…………」

その事実よりも、自分を笑う彼の態度に傷つきながら、なんとか小さなほほ笑みを浮かべた。

「……僻地（へきち）にあったり、戒律の厳しい修道院であれば……志願者の過去には寛容です」

「そうか」

「そのほうが、わたしにとっても都合がいいですし」

「どういう意味だ？」

「もう二度と、懐かしい昔の知り合いにばったり会ったり、姉から呼び出されて無理難題を押しつけられることもなくなるでしょうから」

冗談めかして言い、マリアンナの態度も、彼の嘲笑も気にしていないふうを装う。

それなのに彼は、ひどくいらだたしげな顔で舌打ちをする。

「勝手にしろ」

そう吐き捨てると、彼はアイディーリアをその場に残し、ひとり立ち去っていった。


怒らせてしまったかと心配になったが、次に会った時、シルヴィオはテラスでのことなど忘れたかのようにアイディーリアを求めてきた。

また、その後も相変わらずルヴォー家への働きかけを続ける。

ある晩、いつものように艶やかなドレスを着せたアイディーリアを伴って夜会に出席した彼は、早々にルヴォー家の当主夫妻と顔を合わせ、足を止めた。

当主とシルヴィオが言葉を交わしている間、夫人はこちらを無視している様子だったが、アイディーリアは思いきって声をかけてみる。

「ごきげんよう。お嬢様はお元気ですか？」

「――……」

現在、夫妻の娘は十六歳。宮廷に上がるための準備を進めているという。

その話題であれば、話に乗ってくるのではないかと思ったが、夫人は知らんぷりで扇子をあおいでいた。

萎えてしまいそうになる気力を奮い立たせ、こちらを見ようとしない横顔に向けて続ける。

「ノエルハイム大公から、お嬢様共々晩餐への招待があったことと思います。ぜひ前向きに検討していただきたいので、奥様からもお口添えをお願いできますでしょうか」

控えめな言に、彼女はそっぽを向いたまま扇子の内側でつぶやいた。

「情婦の分際で。何様のつもりかしら」

周りに聞こえないよう、ぎりぎりまで落とした声が這い寄ってくる。

「あなたが大きな顔をしていられるのは、大公がこの国にいる間だけ。未来はないのだから勘ちがいしてはいけませんよ」

「――――……」

アイディーリアは冷水を浴びた気分で立ちすくんだ。

（わたしは――）

ふるえる手を、もう片方の手で包み込む。

（……わたしはもう、まともな人間として扱われないの……？）

惨めな気分と共に、羞恥の涙がこみ上げる。蔑まれていることは承知していた。とはいえ――

「…………っ」

何かを言い返そうとしたものの、衝撃のあまり声が出てこなかった。

公の場で泣くこともできず、人形のように、ただ立ちつくす。

そんなとき、冷たい声が夫人に答えた。

「浅はかな方だ」

いらだちを隠そうともせず言い放ったのは、シルヴィオである。

どうやらやり取りが聞こえていたようだ。

「アイディーリアのおかげで自分達が守られていることには考えが及ばないらしい」

見下す視線に、夫人はたちまち眉をつり上げた。

「私達が彼女に守られているですって？　どういう意味でしょう？」

「もし彼女に飽きたら、次はあなた方の令嬢を情婦にいただきます――という意味ですよ」

「――――」

無慈悲な宣告に、その場にいた者はそろって青ざめた。

国王が、シルヴィオの求めに応じてアイディーリアを愛人として送り込んだことは周知の事実である。

彼がその気になれば、ありえないことではない。おそらくは誰もがそう考えた。

不自然な沈黙の中、アイディーリアは何とか気持ちを立て直す。そして張り詰めた空気にくじけることなく、気力を振りしぼって当主に訴えた。

「五年前、わたし達の間には不幸な出来事が起きました。今すぐにそれを乗り越えることができるとは思えません。ですが、歩み寄る努力をすることは、きっと互いにとって無駄にはならないと思います」

自分に集まる眼差しにひるみそうになりながら、何とか背筋をのばして言いきる。

ドキドキする心臓を押さえるこちらの傍らで、シルヴィオがパンパン、と手をたたいた。

「両家の和解は興味深いが、今は第一に休戦協定について胸襟を開いて話し合うのが先だ。私の呼びかけはそのためのもの。誤解しないでいただきたい」

周囲に向けて言いながら、彼は自分の考えだけで先走ったアイディーリアを軽くにらんできた。

余計なことを、とでも言いたげな眼差しには、しかし優しい熱がこもっている。

「その上で、私の仕事を手伝おうとする健気な恋人に侮蔑的な発言をする人間には、私が対応させてもらうのでそのつもりでいてほしい」

あたりを見まわし、彼ははっきりと言った。

「これより彼女への侮辱は、私への侮辱と受け止める」

「――」

周囲の人々はざわめきながら目線を交わしている。

それを見届けると、シルヴィオは手を差し出してきた。

「行こう――」

月白色の目は、こころなしかいつもよりやわらかく見つめてくる。

広間を出て二人だけになると、アイディーリアはどっと気が抜けてしまった。

張り詰めていたものがなくなり、ふいに涙があふれ出してくる。

ぽろぽろとこぼれる涙を片手でぬぐいながら、シルヴィオに手を引かれて歩き続ける。

「さっきの話だが――」

しばらくして、何気なくふり向いた彼は、そこでぎょっとしたように顔をこわばらせた。

「な……っ!?」

ほとんど反射的に、シルヴィオはアイディーリアを引き寄せ、抱きしめる。

どうやら不意打ちで泣き顔を目にし、動揺したようだ。

「心臓に悪いから、そういうのはやめろ！」

いつになく焦った口調で文句を言う。

「泣くなら、もっとわかりやすく泣いてくれ。そんなに静かでは気づかないではないか

……っ」

「……もうしわ……りませ……」

「驚かせるな。まったく……！」

叱っているのだか、焦っているのだか、よくわからない言葉に、アイディーリアは心の中でそっと言い訳をした。

ハンカチで涙をふくには、つないでいた手を放さなければならない。それが惜しかったのだ。

彼はブツブツと言いながら、自分の指でアイディーリアの涙をぬぐう。

「おまえは悪くない。あいつらが恥知らずなだけだ。おまえを人身御供に差し出しておきながら、あんな言いぐさを……」

アイディーリアは首を振った。

「……ルヴォー家の人々がシルヴィオ様を避けるのは、国王陛下とわたしの姉の顔色をうかがってのことかもしれません」

「というと？」

「彼らの態度はどうも不自然です。国王陛下と姉が、決してシルヴィオ様との和解に応じたり、協力することのないよう、指示をしているのかもしれません……」

でなければ、全員がこうまで頑なに距離を置こうとすることに説明がつかない。

罪悪感の持ち方は人それぞれ。五年前の禍根を思い、このままではいけないと考える人間は、きっと自分の他にもいるはずなのに。

アイディーリアの意見を聞き、シルヴィオは「なるほど」とつぶやく。

「おまえは人の心を推し量る能力に長けているからな。おそらくその通りだろう」

顎をなでながら、彼は口元をほころばせた。

「普段から人の思いや立場に心を寄せているからこその力だ。解釈がやや甘すぎるきらいはあるが、そういうところが昔から――」

何かを言いかけて、彼はふと我に返ったように口を閉ざす。

見下ろしてくる眼差しは、彼自身も困惑しているかのように、どこか頼りない。

心の中からこぼれた声は、どのようなものなのだろう？

「――……」

だまって続きを待っていると、彼はやがて、言いかけた言葉を呑み込むように首を振った。

「そういうところを昔から感心していた。……そう言いたかったんだ」

短くつけ加えられたセリフは、アイディーリアにというよりも、彼自身に向けられているように聞こえた。

シルヴィオはその後、ルヴォー家にこだわるのをやめ、公然と他の有力貴族——ことに国王に批判的な立場の者達への働きかけを始めた。

その効果は絶大だった。ルヴォー家の主だった者達は、こぞって密使を送ってきたのである。

絶対的な権力を手にし、実の父親をも手にかけた冷酷な王妃を裏切ることは難しい。密使は、そんなルヴォー家の人々の立場を釈明してきた。

当主はそれに加え、アイディーリアへの侮蔑も本心ではなく、彼女が国のために献身してくれていることは理解している、という手紙もよこした。

「本心がどうであるにせよ、おまえにも気を遣うようになった。まずまずの進歩だ」

シルヴィオはそう言って、アイディーリアにも手紙を読ませてくれた。

目を通したアイディーリアは、当主夫妻の変わりように驚いてしまう。

「わたしを守る発言をしてくださったシルヴィオ様のおかげです」

「よせ！」

強い口調で遮ってから、彼は眉根に皺を寄せてつけ足した。

「……あの程度のことに感謝なんかするな」

「ですが……」

「俺もひとつだけ釈明させてくれ」

ソファに腰を下ろした彼は、膝の上で手を組み、難しい顔でそれを見つめる。

「おまえを愛人扱いして連れまわしたのは、ルヴォー家にちょっとした意趣返しをしたいと考えていたからだ。だが彼らは、おまえが受けた扱いは、おまえ個人の資質に与えられた辱めと考え、自分達に結びつけようとしなかった。おまえを切り捨てて自分達の体面を守ったんだ。俺のもくろみは外れた」

彼はそこで顔を上げ、月白色の瞳をこちらに向けてきた。

「つまらん出来心のせいで、おまえにはつらい思いをさせたと思う。……今は後悔している」

思いやりを示す言葉に、アイディーリアの胸の奥がほんわりと温かくなる。

「それを聞いてうれしく思います」

彼の隣りに腰を下ろすと、すぐに肩に腕がまわされてきた。

剝き出しの肩口や首筋に口づけられ、色めいた行為になだれ込んでいく。アイディーリアは大人しく身をまかせた。

彼のすることなら何でも受け入れよう。

彼が自分を恨んでいたとしても、そうでなかったとしても、それを責めることはできない。

（わたしには、そんな資格がないのだから……）

今、こうしている間にもアイディーリアは彼を裏切っているのだから。

四章　裏切り

その夜、シルヴィオは城下の行きつけの店に向かった。

懇意にしている店の主人から話を聞くためである。

「ではフォンタナ家の生き残りが、いまだに迫害を受けているというのは本当なんだな?」

カウンターで、立ってビールを飲むシルヴィオの問いに、内側にいた店の主人が低い声で応じた。

「あぁ、国王は五年前の粛清への報復を恐れ、今もフォンタナ家の人間は見つけ次第片っ端から始末してまわっているらしい」

様々な人間がやってくる店を切り盛りする主人は、なかなかに情報通だ。

「中には逃げた人間もいるようだが……はっきりした情報はない。たぶん、おっかなくて出てこられないいんだろうな」

「そうか。ありがとう」

シルヴィオは酒を飲み干し、少し多めに金を払う。

そのまま店を出ようとしたところ、表のほうで何やら人の騒ぐ気配がした。

「何だ？」

眉根を寄せると、ちょうど店内に入ってきた副官のロベールが制止してくる。

「念のため裏から出てください」

「何があった？」

「ただのケンカです。うちの隊員に、ゴロツキが絡んできたというか」

「それなら——」

指揮官である自分が仲裁に入ったほうがいいのでは。

そう言いかけたシルヴィオに、ロベールは首を振った。

「向かいの店の二階から、ずっとそれを見張ってる輩がいます。もしかしたら大公をおびき出して狙撃でもするつもりかも……」

言った端から銃声と、新たな怒号が遠くから聞こえてくる。

シルヴィオはロベールと目を見合わせた。

「……懲りないやつらだ」

国王はフォンタナ家の生き残りであるシルヴィオが、隣国という後ろ盾を得て戻って来たことに、過大な恐れを抱いている。

このところ、そんな国王が送り込んできたと思われる卑劣な攻撃を、しばしば受けるようになった。

今日は昼間にも刃物で襲われかけた。幸い腕自慢の部下達によって一瞬で退けられたものの――

「すまん。俺の個人的な事情で、おまえ達には面倒をかけるな」

本来、メディオラムの兵士である部下達に、ルヴォー家とフォンタナ家の確執など関係のない問題だというのに。

ため息をつくシルヴィオに、ロベールは肩をすくめた。

「仕事ですから、それはいいんですけど。……今日、あなたがここに来ることを知っていた人間は？」

改めて問われ、首をひねる。

「……アイディーリアだ」

「他には？」

「いない」

「これでわかりましたね？」

何かを言い聞かせるような部下の言葉に、シルヴィオは苦笑混じりに首を振った。

アイディーリアが、王妃から何かを探るよう言われている可能性は否定できない。しかし自分の命を狙う計画にまで荷担しているなどありえない。

メディオラムの国王が黒幕と言われたほうが、まだ信じられるというものだ。

「俺を尾行すれば、襲撃など誰にでも可能だ」

軽く返すと、ロベールがうんざりと答える。

「そんな場当たり的なことをしますかね……」

「彼女が犯人だと決めつけて疑うのをやめろ」

「大公こそ、そうでないという思い込みを何とかしてもらいたいものですね。命はひとつしかないんですよ」

「――……」

しばらく見合った後、シルヴィオは笑ってロベールの肩をたたいた。

「刺客を尋問すればはっきりするさ」

そこに別の部下が馬を引いてくる。

シルヴィオは礼を言ってその馬に乗った。ロベールが見上げてくる。

「彼女は王妃の妹です。絶対につながっています。賭けてもいい」

「彼女は姉の目的に気づかず俺の居場所を漏らすほど愚かではないし、気づいてて漏らすほど悪辣でもない」

にべもなく応じると、シルヴィオは手綱を振るって馬を走らせた。

ルヴォー家は率先してフォンタナ家の生き残りを保護すべきだと、彼女は言った。

おそらくこの国で、そんなことを考えているのは彼女だけだ。

(彼女がどんな人間かは、その行動が証明している――)

この国に来る前に行った調査によると、フォンタナ家の粛清が起きた後、彼女はルヴォー家の栄華になど見向きもせず、自ら修道院の門をくぐったらしい。

それは、シルヴィオとの関係を踏みにじった父親への抗議だというのが周囲の見解で、王妃となった姉とも長いこと疎遠だったという。

彼女がなぜ修道院を出て姉に言われるままシルヴィオのもとへ来たのか、正確なところはわからないが、どうせそうしなければ修道院を閉鎖するとか、修道女達の身に危険が及ぶなどと言われて脅されたのだろう。

優しい彼女は、そういう類の脅しには耐えられないだろうから。

それでも――どのように脅されたとしても、彼女がシルヴィオの暗殺に手を貸すとは考えられない。断じて、平気な顔でそんなことができる人間ではない。

脅迫とシルヴィオとの板挟みになれば、きっと彼女は苦しむ。そしてそれを見過ごす自分ではない。だから心配ないと言っているのだ。

(アイディーリアほど清らかな女を、他に知らない……)

賢く抜け目のないところもあるが、それもすべて善良な目的のためだ。

シルヴィオとルヴォー家の間を取り持ち、何とか和解の方向に持っていくべく心を砕く姿を見ているうち、その思いを新たにした。

献身的で、思いやりに満ち、勇気がある。

一緒に過ごす時間が長くなるほど、目につく彼女の美点も増えていく。

彼女は五年前と何ひとつ変わっていなかった。少年の頃、初めて激しい恋に落ちた少女のまま。女としての魅力のみ、大人になってますます増している――

手放しでアイディーリアを称賛した後、現実に立ち戻り、重い気分になった。

「――――」

彼女を侮辱することでルヴォー家の名誉に泥を塗るなど、言い訳にすぎない。

ひとり生き残った罪悪感など何の枷(かせ)にもならなかった。

今ははっきりと想いを自覚している。

(彼女だけが俺の救い……俺を生かす希望だ。彼女を愛している――)

自分の気持ちを認めた後に立ちふさがったのは、現実という名の壁だった。

(どうすればいい?)

国王とルヴォー家への報復をあきらめるわけにはいかない。

そのためにメディオラムの大公という地位を手に入れたのだ。

おまけにこともあろうに彼らは、後顧（こうこ）の憂いを絶とうと、シルヴィオの命を狙ってもいる。

徹底抗戦と、報復あるのみ。

（今は果たさねばならない使命があるが、それを終えたらこちらが反撃をする番だ）

徐々にルヴォー家の連中を追い詰め、罠に嵌（は）め、必ず破滅させてやる……！

そんな決意とは裏腹に、最近はもうひとつの声が聞こえてくる。

私怨のために余計な血を流すなど無駄なことだ。新たな恨みを買い、敵を増やすだけ。

それよりもアイディーリアと幸せな未来を築くことこそを、前向きに考えるべきではないのか？

ふたつの真摯な声の間で揺れる。

恨みを晴らすか。すべてを忘れて自分の幸せを追うか。

（いや、ムリだ……）

一族の悲惨な虐殺を忘れて、自分だけが幸せになることなどできるはずがない。

だが――

ではそのためにアイディーリアを手放すのか。彼女を腕に抱く歓びを知ってしまった、今の自分にそれができるのか。

いつも通り答えを見つけることができないまま、シルヴィオは馬を走らせ続けた。

⚜ ⚜ ⚜

夜会で恋人と呼んだ日から、シルヴィオのアイディーリアへの姿勢は目に見えて変化した。

貞淑な貴族の令嬢としての体面が保てるよう、配慮してくれるばかりではない。

婚約するかもしれないという噂まで宮廷に流れたのである。どうやら部下を使って流布させたらしい。

おかげで彼とアイディーリアは婚約を前提とした関係と見られるようになり、周囲の眼差しの棘が少しだけ和らいだ。

同時に、ルヴォー家以外の貴族達と親交を深め、陰でルヴォー家の面々ともつながりを強化しているシルヴィオは、この国の宮廷における影響力を日に日に増していった。

ちょっとした事件が起きたのは、そんな折である。

その日、シルヴィオは国王主催の鹿狩りに招待され、王宮近くに広がる森の中にいた。

アイディーリアは他の女性達と共に、狩猟館でその帰りを待っていた。

するとそこに、突然シルヴィオが帰ってきたのである。険しい顔をした部下のロベールを伴って。

迎えに出たアイディーリアは、彼の上腕に巻きつけられた布に、大量の血がにじんでいることに気がついて顔色を変えた。

「シルヴィオ……！」

「あぁ、大したことはない。何でもないんだ」

そうくり返すシルヴィオを、ロベールが「いいから入ってください」と、空いている応接間に押し込む。

アイディーリアも、お湯と清潔な布を届けるよう人に頼んでから、それを追いかけた。

「いったい何があったのですか？」

「流れ弾が飛んできて腕をかすめた」

シルヴィオは、ごくごく軽い口調で応じる。

その横で、ロベールが忌々しげに続けた。

「なぜか鹿とは全然ちがう場所にいた大公のもとへ、弾が飛んできたのですよ。犯人の腕が驚くほど悪いか、それとも標的を仕留められなくとも、かすめさせる程度には良いのか、どちらかですね」

「ロベール」

部下をたしなめてから、シルヴィオはアイディーリアをふり仰ぐ。

「事故だ。心配ない」

「事故……？」

不安混じりに問うと、彼は肩をすくめた。

「何者かに狙われた気もするが、証拠がないから事故だ」

「…………」

「それよりもう一度呼んでくれ」

ふいに甘い声音で乞われ、目を瞬かせる。

「え？」

「さっき、出迎えた時に呼んでくれただろう？」

「シルヴィオ様？」

「いや、そうは言ってなかった」

「えぇと……」

思い返し、彼の言いたいことを理解する。

動転するあまり、つい昔の呼び方をしてしまったのだ。

「……シルヴィオ」

小さな声でつぶやくと、彼は目を細めてうなずいた。

「そのほうがいい。これから二人の時はそう呼んでくれ」

部屋のドアがノックされ、召し使いがお湯と布とを運んでくる。

受け取ったロベールは、応接間のテーブルの上に音を立ててそれを置いた。そして波打つ茶褐色の長い髪を後ろで結ぶ。

「手当てしますんで脱いでください」

「いや、アイディーリアにやってもらう」

「それはそれは………」

髪を結ぶ手を止めて、ロベールは意味ありげに言った。

「くれぐれも気をつけてくださいね」

伊達男のロベールは、基本的には女性に優しいと聞いている。

しかしアイディーリアを見る眼差しは、いつもどこか冷たい。

(何か気にさわることをしたかしら……？)

とまどうアイディーリアをかばうように、シルヴィオがにらみつけると、彼は肩をすくめた。

「そうそう。あの、わざとらしくしらばっくれていた国王、ぶちのめしてもいいですかね？」

「いいわけないだろう」

「では流れ弾を当て返すとか……」

「想像に留めておけ」

苦笑する上官に向け、ロベールは不承不承うなずき、応接間を後にした。

シルヴィオはひとつ息をつき、寝椅子に腰を下ろすと上着を脱ぎ始める。

「すまん。部下達は皆、気性が荒くて——」

「それだけ、連隊の方々に慕われていらっしゃるということでしょう」

アイディーリアは寝椅子に近づくと、背の低いテーブルに置かれたお湯と布を手にして、シルヴィオの横に腰を下ろした。

露わになった患部の血をお湯で洗い流し、添えられていた薬品で消毒する。その後、清潔なガーゼで傷口を覆い、包帯できつく固定していく。

アイディーリアの手当てを眺めながら、彼はぽつぽつと語った。

「最初はうまくいかなかったんだ。うちの連隊は外国人の寄せ集めだったから、正規軍とちがい臑(すね)に傷を持つ者も多くて……。そんな中で俺はどうにも大人しくて、完全に浮いていた。だが、幸いなことに専門的な戦略の知識があったんで、それを重宝がられて取り立てられて、がむしゃらにやってきた。で、気がついたらこんな立場に……」

「今は立派に統率されているのですね」

「おかげですっかり柄が悪くなった」

シルヴィオはそう言って笑い、手当てを終えて片づけをするアイディーリアに手をのばしてくる。つかんだ手首を引き寄せ、自分の隣りに座らせた。

「メディオラムにいる間、自分のことよりも、おまえのことが心配だった。どうしているかと……」

「わたしは——しばらく錯乱していました。あなたが死んでしまったものと思って……」

じっと見つめてくる月白色の瞳にドキドキしながら、微笑を浮かべる。

「生きていたと知り、どれほど嬉しかったか」

「俺もだ。再会した瞬間、自分を止められなくなった——」

しばし見つめ合った後、彼はそっとくちびるを押しつけてきた。

「——……っっ」

その瞬間、アイディーリアは別の意味で言葉を失ってしまう。

再会して以来、キスをするのは初めてだ。

何度も身体を重ねたというのに、いつもキスだけは避けていた。

しかし今、シルヴィオはアイディーリアのくちびるを奪い、そして沈黙の中で顔を離し、焦がれるような眼差しで見つめてくる。

「……長く連絡もせずにすまない。会えばこうなることがわかっていたから、本当は会いたくなかった」

「こう？」

「昔のように骨抜きにされるってことだ」

「シルヴィオ……」

くるおしい眼差しに屈するように、アイディーリアがそっと目を伏せると、それが合図だったかのように彼はふたたび口づけてくる。

先ほどよりも強く、角度を変えて、くり返し。

「……っ」

アイディーリアは、気がつけば寝椅子の上に押し倒されていた。のしかかってくるシルヴィオの、逞しい身体の重みが愛おしい。

何度もくちびるを重ねた末に、彼はアイディーリアのくちびるを割って舌を忍ばせてくる。

それは衝撃的な感動をともなった。

性的な欲求をひどく高め、相手が欲しくてたまらなくなってしまうキスだ。

「……ん……っ」

欲しがる気持ちを余すことなく伝えてくる、深く淫らな口づけに心がふるえる。

「……ん、ふ……」

アイディーリアは自分からも腕をまわし、彼の背中をなでまわしながら、胸を反らして豊かなふくらみを押しつけた。

シルヴィオが喉の奥で低くうめく。

いつになく積極的な仕草に興奮したのか、下腹に当たっていた彼の欲望が、むくむくと頭をもたげるのを感じた。

「…………………」

見つめていると、シルヴィオはこちらの身体をひょいと持ち上げ、自分の膝の上に座らせる。

彼の脚を跨いで、座面に膝立ちする形である。

「シルヴィオ……」

「かわいい悪戯（いたずら）のお返しをしなければな」

そのまま、彼はアイディーリアのドロワーズを脱がし、自分の屹立の上に下ろそうとした。

しかし――

「う……っ」

入口で感じる痛みに、アイディーリアは眉を寄せる。

どうやらまだ準備が整っていないようだ。

「……ダメか？」

「申し訳ありません……」

心では今すぐにでも欲しがっているというのに、身体が意のままにならないことに焦れてしまう。

灼けるような熱と、劣情のこもった眼差しから、シルヴィオもまた余裕のないことが伝わってきた。

せめて気持ちを伝えようとキスをすると、彼はそれに応じながら、テーブルに置かれた薬品の中からひとつの小瓶を手に取る。

「……それは？」

「湿布に用いる香油だ」

短く応じて、蓋を取った小瓶の中身を手のひらにトロリとかけた。とたん、スゥッと爽やかな香りが鼻腔を通り過ぎる。

ぬれぬれと光る手を見つめていると、彼はその手でアイディーリアの花弁にふれた。蜜液の代わりに、油のぬめりを使って傷つかないようにしようということらしい。

しかし——

「あ、や……——いや……っ」

蜜口で起きた、これまでにない変化に、アイディーリアは思わず腰を揺らした。

彼の手がふれた瞬間、そこがスーッと冷たくなったのだ。そしてその直後、同じ場所がカァッ……と刺激的な熱を帯びる。

繊細な部分で生じる、強い未知の感覚にとまどった。

「じっとしていろ。おまえのためなんだぞ」

思わず彼の手から逃げようとしたものの、手はどこまでも追いかけてくる。それぱかりではなく油にまみれた指を、力強く蜜口に挿し入れてくる。

「あンっ、やぁ……、なっ、何……!?」

「腰や脚が疲れた時に使う香油だ。身体に残るような影響はない。安心しろ」

(そ、そう言われても……っ)

身体の中で感じる、ツーンと冷たい感触に息を詰める。

「これ、……冷た……っ」

「だが具合はよさそうじゃないか。中がいつもより熱心に指をしゃぶってくる」

彼は根元まで深々と埋め込んだ指で、ぐちゅぐちゅとそこをかきまわした。

確かに痛みはないものの――

「いやぁっ、冷たっ……冷たいの、奥まで……っ」

代わりに淫唇が、容赦のない刺激に包み込まれる。

まだほころんでいない隘路は、指による圧迫と共に、氷を当てられたような感覚を伝えてきた。慣れない刺激に、いつもより熱心に指を締めつけてしまう。

刺すような冷たさと熱さとを同時に感じ、アイディーリアは彼の肩につかまって煩悶した。

「あっ、やぁっ、いやぁっ……」

するとシルヴィオは、目の前でゆさゆさと揺れるドレスの胸元に荒々しく手を突っ込み、中身を性急に引っ張り出す。

「ここはもう勃ってる」

ぷっくりと凝った頂を目にしてうれしそうに言うと、アイディーリアの腰を片手で抱えて引き寄せ、胸のふくらみにしゃぶりついてきた。

「はぁン……！」

アイディーリアは頤を上げて啼く。

ちゅうちゅうと音を立てて吸うだけではない。

赤く尖った先端を口腔に深く咥え込み、甘嚙みされながら、先端をざらざらした舌で擦られると、胸が蕩けてしまいそうなほど気持ちがいい。

「あぁっ……、い、いいっ……、ぁあっ……！」

「はしたない蜜があふれてきたぞ。これは油だけじゃないな」

蜜壁をほぐすように、指で奥まで押し拡げながら、彼がからかい混じりに言った。

自分でも、内股にぽたぽたと愛液がしたたり落ちるのを感じる。硬かったはずの隘路が蕩け、早くも熟れきっている証拠だ。

長い指が出し挿れされるたび、ひんやりとした感覚に苛まれたままの媚壁が、ねだるように絡みつく。

ぬちゃぬちゃと淫蕩な音を立てて蜜路を弄びながら、彼は誘うように言った。

「どうする？　しばらくこのまま遊ぶか？」

「いや……っ」

彼の肩につかまり、未知の快感に耐えていたアイディーリアは、ふるふると首を横に動かす。

下を見れば、彼の股間では猛々しく雄芯がそそり立っているのだ。

これ以上ないほど真っ赤になった顔で懇願した。

「お、お願いします……、助けてください……っ」

涙にうるんだ目で、いつになく赤裸々にねだると、シルヴィオはごくりと喉を鳴らす。

「こらえ性のないやつだ。……自分で挿れられるな？」

「――――……」

すぐに許しが出たのは、少し意外だった。いつもならもっと、我を忘れて懇願するまで、うんと焦らされるのに。

「……はい……」

彼の気が変わらぬうちにと、アイディーリアは隆々とした屹立に手を添える。そして意を決し、その上から少しずつ腰を沈めていった。

まずは蜜口が、熱くて硬いもので限界まで拡げられる。

香油のおかげで奇妙に疼いたままの蜜壁が、少しずつ沈んでくる亀頭にみちみちと引き伸ばされた。

大きく膨らんだ雄茎の、ずっしりとした存在感を迎え入れるように、淫路はきゅうきゅうと蠢き、冷たい感覚もろとも悩ましく締めつける。

「ふ、……んぅぅ……っ」

アイディーリアは吐息混じりに、ぞくぞくと痺れる背を反らした。

しかし甘やかな陶酔に浸っていられたのは、そこまでだった。

「ひとりで愉しむな」

半ば以上埋まったところで、ふいに彼がアイディーリアの臀部をつかみ、グッと引っ張り下ろしてきたのだ。

押し込むように貫かれ、ずどんっ、と重く内奥を抉られる。

「あぁぁあ……っ！」

奥で生じた目のくらむような衝撃に、あられもない嬌声が迸った。

蜜壺全体が小刻みに痙攣し、熱杭をぎゅうぎゅうと締めつける。

「——や、ぁぁぁっ……！」

一瞬にして途方もない高みに昇り詰めたアイディーリアは、彼の首にしがみつきながら、激しすぎる快楽に半ば意識を飛ばした。

豊満な胸に顔を埋めたシルヴィオが、くすくすと笑う。

「なんだ、これは。冷たいな……！」

香油のぬられた蜜洞を満たしたことで、彼自身もひんやりとする効果を感じたのか、アイディーリアと密着していた身体がぶるりとふるえた。

子供のように笑う彼の顔を間近にして、愛しさが胸いっぱいにこみ上げてくる。気がつくと、男らしいくちびるにキスしていた。

しっとりとくちびるを重ねるキスに、彼は貪るように応える。

軽いキスは、たちまち深くてなまめかしいものに変わっていった。

脈動する剛直を深々と受け入れたまま官能的な口づけを交わすと、ひどく充溢した気分になる。まるで身体中で彼を感じている気がするのだ。

舌を絡め合い、吐息を交わし合ううちに膨れ上がった快楽が下肢へと伝わると、柔襞が切なく彼自身に絡みついた。

熱杭はビクビクといっそう逞しくなって歓びを示し、蜜壁は猥りがましく収縮してそんな剛直を締めつける。

「んふ……んっ……――っぁ、ぁあっ、……ぁっ、……」

硬くて太いもので奥まで押し拡げられる感覚が、たまらなく心地よい。

ずんっ、ずんっ、と深い突きで最奥を抉られ、全身に恍惚の火花が飛び散った。

剝き出しの双乳がつぶれて彼の服に擦れ、赤く膨らんだ乳首からじんじんと悩ましい愉悦が沸き立つ。

ついつい自ら胸を擦りつけてしまい、それに気づいたシルヴィオが、フッと好色な笑みを浮かべた。

「わかったわかった。うんと深いところを突いてやろうな」

「ひ、あぁぁっ……!」

どすん、どすん、と快感に下がってきた奥を重く抉られ、激しく上下に揺さぶられる。

さらに密着した下肢では、アイディーリアの淫核が彼の下生えに擦られ、絶え間ない恍惚をまき散らした。

内奥と外から次々と押し寄せる歓喜に、愛液にまみれた尻を放埒に振り立てる。

「いやっ、奥、奥ばっかり、そんな……あぁっ、ふぁっ、あンっ……!」

「おまえの弱いところは全部知ってる。ここをこうして抉られると、たまらなくてすぐ達ってしまうんだよな」

「ぁぁそこっ、……はぁっ、いい！　……気持ちいい……っ」

硬い切っ先で、奥の性感を小刻みに捏ねまわされ、眩暈のするような激しい陶酔に見舞われる。その結果あえなく頂に達してしまった身体がビクビクと痙攣した。

がしかし、昇り詰めている最中にも、太いものがぐちゅぐちゅと行き来する。

すると剛直を少しでも奥へ引き込もうと、ただでさえ収縮していた蜜洞がいっそう浅ましく絡みついた。

「あっ、やぁぁっ、あぁふっ……」

あふれ出し、荒波のように絶頂へと追い詰めてくる快感が止まらない。

貪欲にしゃぶりつく媚肉のなかを、屹立はくり返し情熱的に突き上げてくる。

もっとも感じやすい箇所を、角度を変えて何度も抉ってくる。

「あぁ……っ！　ぁはんっ！　ひぁっあっぁぁ……！」

気が遠くなりそうなほどの歓喜が、たたみかけるように、くり返し襲いかかってきた。

シルヴィオの上に跨がり、自ら腰をくねらせて野太い恍惚に溺れる。

絶え間ない衝撃に、目の裏で火花が散った。その都度あふれていた光が集まり、やがて真っ白になる。

「シルヴィオ、シルヴィオ……っ」

「わかっている、……っ」

うめいて応じると、彼は臀部をわしづかみにし、抽送を速めた。深々と奥を貫いたまま小刻みに突き上げてくる。

アイディーリアは大腿で彼の腰を強くはさみ、結合部をより密着させようと腰を突き出した。その結果ますますヌチュヌチュと淫蕩な音が響く。

「出すぞ……っ」

短い宣告と共に、熱杭がひときわ強く、深々と根元まで押し込まれてきた。その瞬間、強靱な快感が腰の奥から突き上げる。

「あぁっ、ぁあぁぁ……！」

つま先まで痺れるほどの絶頂を迎え、腰を硬くこわばらせる。

熱杭を絞り上げる蜜洞の中で、膨れ上がった剛直もまた弾けるのを感じた。迸る精が内奥にたたきつけられる。

「あ、ぁ……ぁっ……！」

幾重にも重なって身の内を走り抜ける深い愉悦に、アイディーリアはしばし陶酔した。

彼にぎゅっと抱きつきながら、気がすむまで官能の歓びにたゆたう。

乱れた息を整えていると、耳元でシルヴィオがぽつりとつぶやいた。

「初めて、おまえも積極的になってくれたな……」

「――……」

思わず身を起こし、彼と見つめ合う。

これまでは彼が求め、アイディーリアが奪われるばかりだった。しかし今回は互いに求め合った。

そう言いたいのだろう。

だがアイディーリアは、それにうなずくことができなかった。

哀しい思いで月白色の瞳を見つめる。

（どうか……わたしを警戒して。信じないで……）

姉の手先としてやってきて、ルヴォー家への言動や態度、また時には休戦交渉の材料になりそうな情報を流していることが明らかになれば、彼はきっと許さないだろう。アイディーリアを軽蔑するにちがいない。

（いっそのこと、今すぐにでもバレてしまえばいいのに……）

そうすれば、これ以上彼を謀らなくてすむのに。

胸の痛みをしまいこみ、意識してほほ笑みを浮かべる。

そんなアイディーリアに、シルヴィオはキスをしてきた。

ふたたび甘い口づけが始まると、二人は時間を忘れて延々と言葉のいらない交歓に酔いしれる。

つかの間現実を忘れるかのような口づけは、帰るための馬車が到着するまで続いた。

それどころか王宮に戻り、彼の寝室になだれ込んでからもさらに続いたのだった。

夜まで続いた情事の後、疲れはてたアイディーリアは寝台の上でうとうとしていた。

優しく髪をなでる手の感触を夢うつつに感じ、ただただ幸せな気分に浸る。

ずっとこんな時間が続けばいいと願いながら、いよいよ睡魔に呑み込まれようとした、その時。

「大公――」

寝室のドアを軽くノックする音が、夢をはさんだ遠いところで響いた。

訪ねてきた相手は勝手にドアを開け、低く告げる。

「ジュロワが訪ねてきました」

ロベールの声だ。シルヴィオはそっけなく応じた。

「待たせておけ」

「急ぎの件とか」

「……わかった」

ため息をつき、シルヴィオは億劫そうなつぶやきと共にベッドを下りていく。

「どうせ報奨の件だろう。ジュロワめ。足下を見やがって」

艶めいた時間の余韻をかき消す硬い声音に、漠然と深刻さを感じながら、アイディーリアはひとり眠りに落ちていった。

⚜ ⚜ ⚜

その日、アイディーリアは、侍女を通じて姉からの密かな呼び出しを受けた。

シルヴィオがいない時を見計らい、部屋を整える侍女達のうちのひとりと着ているものを交換し、彼女たちに紛れてそっと部屋を抜け出す。

ここに来てから時折やっていることであるため、慣れたものだ。見張りについているシルヴィオの部下にも、今までのところ気づかれた様子はない。

まずは王宮の外に出てちょっとした用事をすませると、次に重い足を引きずるようにして姉の部屋に向かった。

姉は、画家に絵を描かせている最中だった。アイディーリアの姿を目にすると、画家を含め、部屋にいた侍女達を全員下がらせる。

「やっと来たわね。呼ばなければ来ないなんて怠慢(たいまん)もいいところよ」

豪奢な黄金色のブロケードのドレスをまとった彼女は、キャンバスに歩み寄った。

美しく描かれた自分の絵を満足そうに眺めながら訊ねてくる。

「シルヴィオは見事にあなたの虜のようね。どう？　宮廷で力のある男に愛される気分は」

「お姉様」

アイディーリアの静かな呼びかけに、彼女は興ざめするように鼻を鳴らした。

「楽しめばいいのに。つまらない子」

「ご用は何ですか？」

「決まっているでしょう？　新しい情報がないか訊くためよ。シルヴィオは誰と会って、何を話しているの？　陛下と私に対抗するために、ルヴォー家を取り込むことについてはあきらめたみたいね」

「……やはりお姉様が妨害してらしたんですね」

「まさかその手で来るとは思わなかったわよ。本当に意外だった」

「お姉様――」

「それで？　最近はどうなの？　フォンタナ家に同情的な貴族達と親交を深めているようだけど、ルヴォー家を排斥するような話は出てる？　もしくはすでに動きがあったりする？」

「シルヴィオ様がこの宮廷の人々と親しくするのは、休戦交渉を円滑に進めるためです。彼らとはそういう話しかしていません」

「本当に？　あの男をかばっているんじゃないでしょうね？」

「いいえ。……彼は会議の内容や、接触した相手の情報が漏れていることに気づいているようです。最近は面会や打ち合わせにも、以前に増して注意を払っていますし、迂闊なことは言いません。加えて部下の方々は最近、はっきりとわたしを警戒していて――」

「相手がぼろを出すのを待ってどうするの？　自分で訊き出すのよ。身体を使いなさい。日に日にいやらしく花開いていくその身体を」

「お姉様！」

非難を込めて声を張り上げると、相手もうんざりしたように返してくる。

「まったく！　替われるものなら私が替わりたいくらいだわ」

忌々しげに吐き捨ててから、彼女は気を取り直すように言った。

「……そういえば昨日、国境警備の兵士から、怪しい人間を捕まえたという報告を受けたわ。何でもフォンタナ家の生き残りらしくて、今は牢屋の中に放り込んでいるそうよ」

「そんな……っ」

無情な姉の言葉に、アイディーリアは息を呑む。

「さぁ、よく思い出して。何でもいいのよ。何か、私に報告できる情報はないの？」

「…………」

自分の返答が、罪のない誰かの運命を左右するかもしれない。

そんな不安から、アイディーリアはしばらく必死に考えた。そして思い出す。

「……役に立つ情報かはわかりませんが、昨夜遅くに、ジュロワという者がひそかに訪ねてきたようです」

シルヴィオのもとには日夜様々な客人がやってくる。しかしジュロワという名前はこれまでに耳にしたことがない。待たせるよう指示していた様子から考えても、さほど重要な相手ではなさそうだ。

（シルヴィオの親戚を助けるためよ――）

自分に言い訳をしながらも、後ろめたさをぬぐいさることができない。

「シルヴィオ様は、報奨の件で来たのだろうと話していました。足下を見ているとか、何とか……」

「ふぅん……」

姉は扇をあおぎながら、どす黒い笑みを浮かべた。

「グスタブ・ジュロワは陛下が特に目をかけている官吏よ。へぇ、そういうこと……」

「――――」

自分の言葉は、別の人間の人生を変えてしまったのかもしれない。

そう感じ、とたんに背筋が冷たくなった。

「それから？　他には？」

「他には……本当に何もありません……」

「……まぁいいでしょう。ジュロワの件だけでもお手柄だわ。国境で見つけた人間については、そのまま国外に放り出してやりましょう」

「お願いします……」

力なくそう言って踵を返そうとした妹を、ベアトリーチェが呼び止める。

「待ちなさい。本題はこれからよ」

「本題？」

訊き返すと、姉は深くため息をついた。

「陛下がおかしいのよ。あの男に報復を受けるにちがいないと、大変な怯えようで、私が何を言っても聞かないの。このところ毎晩、あの男が陛下に斬りかかってくる悪夢にうなされているそうよ」

「そうですか……」

ろくに眠れないことは気の毒には思うが、それはシルヴィオのせいではない。

自分の心の中にすくう罪の意識がそうさせるのだろう。

しかし姉はそう思わないようだ。

「あいつの目。私や陛下を見る、あの冷たい月白色の目。……何か企んでいるようにしか見えないわ」

「気のせいでは？」

「気のせいなものですか！　おかげで陛下は睡眠が取れず、最近はずっと体調をくずされているのよ。おまけに今朝は、寝台から出ることをひどくいやがって……。まるで子供に戻ってしまったかのよう」

扇をパチンと閉じて、彼女は険のある顔を向けてきた。

「それでも、休戦協定を交渉中の使節の長である限り、我々が下手に手を出すわけにはいかない――」

含みのある口調で言い、姉は手近な卓の引き出しから、小瓶をひとつ取り出した。

それを目の前に差し出され、アイディーリアは小さく首を振る。

「……できません」

「やるのよ」

ベアトリーチェは、強引に小瓶を押しつけてきた。

「あなたがやらないのなら、彼らにやらせるわ。……それでもいいの？」

「お姉様、やめてください。お願いです……！」

くり返し頭を振り、アイディーリアは受け取るまいと手をにぎりしめる。

「どうか考え直してください！　お願いします……」

しかし姉は、促すように小瓶を押しつけてくるばかり。

もしここで受け取らなければどうなるか、冷酷な眼差しが雄弁に物語っている。

「…………」

アイディーリアは長いことためらった後、ふるえる手で小瓶を受け取る。

姉は艶然とほほ笑み、手をのばして妹の頭をなでてきた。

「いい子ね。きっと悪いようにはしないから」

⚜ ⚜ ⚜

「部下の兵士から報告が上がってきた」

部屋に戻ってきたシルヴィオが、突然そんなことを切り出したのは、夜、一緒に観劇に出かけるための準備をしている最中だった。

彼はアイディーリアの支度を手伝っていた侍女を無造作に追い払う。

皆いなくなってしまうと、化粧台の前までやってきて、アイディーリアが座る椅子の背に手を置いた。

「俺がいない時は、この部屋から出ないよう言いつけてあるというのに、おまえはその言いつけを守っていないらしいな。たびたび抜け出してどこかに行っているとか」

「――――」

ぎくりと心臓が跳ねる。

軽く瞠った目が、鏡越しにこちらをうかがうシルヴィオの視線と重なった。

「それも城の外に出るや、馬車に乗ってふいっといなくなってしまうそうだな。追いかけたところ、いつも街をひとまわりして戻ってくるだけとか――」

「………………」

「これはいったいどうしたことか」

鏡の中で、鋭い眼差しが斬り込むようにこちらを見据えている。

「俺の推測としては、馬車の中に何者かが乗っていて、その中でおまえは何事かの打ち合わせをしていると考えるのが妥当だが……。修道女見習いとして俗世と関わりを断ったはずの女が、いったい誰と会っているんだ？」

「………………」

動揺を見せ、うつむこうとしたアイディーリアの顎を、彼はつまんで自分のほうに向けた。

「部下達がおまえを疑っている。特にロベールは、俺がおまえに骨抜きにされていて、まともな判断ができなくなっているなどと抜かしてきた」

「そんなこと……っ」

「言え。ロベールに反論したいんだ。させてくれ」

「――……」

鏡越しに強く懇願する眼差しは、この件については、ロベールよりもアイディーリアの言葉を信じると伝えてきた。

「馬車の中で誰に会っている？　俺の敵か？」

「いいえ！」

アイディーリアは反射的に首を振る。

「……ちがいます。そんなはずがありません……」

「では何者だ？」

「――……」

一瞬、本当のことを話してしまおうかとも考えた。

しかしその迷いに首を振る。

真実を知れば、彼はじっとしてはいられないだろう。それで事態が複雑化することは充分考えられる。

（いざという時、シルヴィオは何もできないもの……）

彼はメディオラムの使節としてここにいるのだから、目の前で何が起きようと、それが隣国と関係のないことであれば干渉するわけにいかない。そういう立場だ。

何よりも大事な彼の使命――休戦交渉が終わるまでは伏せておいたほうがいい。

少し考えた後、アイディーリアは目を伏せて口を開いた。

「……侍女です」

「侍女？」

「修道院に入ったとはいえ、わたしには一定の財産があります。それをどのように使うか、侍女で乳姉妹のハンナに指示し、経過の報告を受けているのです」

「……ここに呼べばいいじゃないか。なぜ馬車の中でなんか……」

「姉は、修道院に入ったわたしに財産など必要ないという考えのため、隙あらば、そのぅ……」

「横取りしようとしているのか？」

シルヴィオの直截的な言葉にうなずいた。

アイディーリアの資産が、常々姉に狙われているのは本当の話だ。

「ですので刺激しないよう、なるべく姉の耳には入れたくないのです」

「なるほどな」

彼は、どこかホッとした様子で、背後からアイディーリアを抱きしめてくる。

「実は……部下は、おまえが去った後、馬車を停めさせて中を検めたそうだ。確かに、中には美しいが気の強いご婦人がいて、大変な迫力で部下を追い払ったと言っていた。なんだ――そんなことだったのか」

抱きしめ、頬にキスをしながら、彼は肌の上でささやく。

「俺が、責任を持ってロベールを説得する。安心しろ」

「シルヴィオ様……」

「どう言えば部下達に伝わるだろう？　この世におまえほど信じられる人間は、他にいないということを……」

ささやいて返したアイディーリアをふり向かせ、シルヴィオは肩越しに口づけてきた。

信頼を込めたくちびるへのキス。

くり返すうち、気づけば舌を忍び込ませての甘い大人の交歓になっていく。

くちびるを重ね、舌を絡め合う時間がしばらく過ぎた後、シルヴィオはアイディーリアを椅子から抱き上げ、寝室へ連れて行った。

ベッドに下ろし、覆いかぶさりながらドレスのスカートの裾をめくってくる相手に、

「いけません……っ」と儚い声で伝えると、彼は苦笑する。

「観劇はやめだ。とても行く余裕がなくなった」

「あっ…ぁ…っ」

首筋にキスをされ、脱がされながら早くも露出した胸を揉まれ、事が始まってしまえば、後は互いに知り尽くした官能を追い求めるばかり。

熱くて重い男の身体に腕をまわし、なまめかしく喘ぎながら、アイディーリアはひとつだけ安堵を嚙みしめていた。

姉の部屋に行ったことが知られなくてよかったという、ほの暗い安堵を。

⚜　⚜　⚜

姉から毒の小瓶を受け取って以降、アイディーリアは眠れぬ夜を過ごしていた。

数日後。

夜半になって、いつものように仕事を終えて部屋に戻ってきたシルヴィオが、お茶の用意をしていたアイディーリアに厳しい顔を向けてきた。

「グスタブ・ジュロワという人間を知っているか？」

開口一番にそんなことを問われ、ハッとする。

思わずふり仰いだアイディーリアを見つめ、彼は淡々と告げた。

「昨夜、街で物盗りに襲われて死んだらしい」

「え……？」

「おそらく殺されたんだ」

「……そんな……っ」

瞬時に姉の仕業と察し、紅茶のポットとカップをのせたトレーを手に立ちつくす。

シルヴィオは冷ややかに続けた。

「かわいそうに。無実の罪で葬られるとは。まぁ働きに見合わず欲の皮の突っ張った男だったから、こちらとしては始末してくれてありがたいくらいだが……」

「……無実？」

ティーテーブルの上にトレーを置いて訊き返すと、彼は感情の読めない眼差しで応じる。

「あの夜、急ぎの用で俺を訪ねてきたのはジュロワではない。別の人間だった。ロベールがジュロワの名前を出したのは、おまえを試すためだったそうだ。信頼に値する女かどうか」

「…………」

アイディーリアは目を瞠った。

罠だったのだ。

姉からグスタブ・ジュロワの名前を聞いた国王は、腹心が裏切ってシルヴィオと通じていたと思い込み、殺してしまった。

そしてシルヴィオは確信した。――アイディーリアが姉にその名前を伝えたことを。

（なんということ……！）

自分の迂闊な行動が、人ひとりの命を無為に奪った。その罪の大きさに愕然とする。

シルヴィオは歪んだ笑みを浮かべた。

「どうした？　顔色が悪い。手玉に取っているつもりが、取られていたのが、そんなに意外か？」

あくまで静かに言い、シルヴィオは一歩ずつ近づいてくる。

「ロベールは俺に同情していた。『頼むから目を覚ましてくれ』と、俺にこれを渡してきた」

彼が手にしているのはガラスの小瓶だった。姉から渡されたものだ。

「それは──」

「おまえの物入れから出てきたそうだ。香水でもないようだし、何かと思って調べさせたところ、とんでもない結果が出た」

「…………」

「毒だそうだ。この量を一度に飲めば、その場で死ぬ。毎日少しずつ食事に混ぜれば、ひと月ほどで手の施しようのない病に倒れるとか」

「…………」

声もなく、かたかたと身体がふるえ始める。

覚悟していたとはいえ、シルヴィオの怒気はそれほどに恐ろしかった。

「これを俺に使ったのか？」

「……シルヴィオ……」

「再会したばかりの時は、ルヴォー家を恨み憎む気持ちが強くあった。おまえが姉と通じて俺の命を狙うことも、まったく疑っていなかったわけではない」

アイディーリアの細い肩をつかみ、彼は前後に揺すってきた。

「だがその後、ルヴォー家と俺との間を取り持とうと努力する姿を見るうちに考えを変えた。おまえは五年前のままだと感じ、少しでも疑った自分を恥じ、他の誰がおまえを疑おうと俺だけは信じようと……信じ抜こうと決めた」

月白色の瞳が、振りしぼるような悲哀を湛えて見据えてくる。

「それが、再会した後に俺の身勝手な執念でおまえを辱めたことへの償いでもある。――そう考えたからだ……っ」

「シルヴィオ――」

「その結果がこれか!!」

怒声の激しさは、窓までビリビリ響くほど。

アイディーリアはふるえる声で返した。

「……あなたは……わたしを信じるべきではありませんでした……」

「アイディーリア!」

「わたしは……あなたの思いやりに値する人間ではないのです……」

訥々と、真実を言う。彼は両肩をつかんだまま首を振った。

「……信じられない」

「何もかも……終わらせたかった――」

裏切られる痛みを露わにした、彼の瞳を見上げて告げる。

「楽になりたかった……！」

「本当に君なのか、アイディーリア……？」

シルヴィオは、ぼう然とアイディーリアをかき抱いてきた。

「誰かに言わされているんじゃないか？　そうだ――脅迫されているんだろう？　あの性悪な王妃に！」

「ちがいます！」

くぐもった声で応じると、抱きしめる手に力がこもる。

「では何か事情があるんだろう？　そうに決まっている……っ」

問いに、首を振った。ひたすら振り続けた。

そうやって、理解しようとのばされてくる手をことごとく突っぱねる。

「どんなに頑張っても、……わたし達はもう五年前には戻れません」

「やめろ……」

「苦しいんです。もう解放してください……っ」

「やめろ!!」

強く強く抱きしめ、彼は叫んだ。

「君は……君だけは永遠に穢れない、僕の女神だったのに。信じていたのに……!」

「……そんなものではありません……」

いまだに過去にすがろうとする彼に、無情な現実を突きつける。

「わたしは……我が身が大事な、普通の人間です……!」

逞しい胸の中で、アイディーリアは抗ってもがいた。

「自由にしてください……っ」

気がつけば、頬を押し当てたシルヴィオの胸が、小刻みにふるえていた。

「――自由になるために……俺を殺そうと……?」

そうつぶやく声もふるえている。

「つまり……俺の傍にいるのが我慢できないと、そういう意味か……?」

泣いているのだろうか?

(いいえ、笑ってる……?)

とまどっていると、やがて彼はククク……と喉を鳴らしながら顔を上げた。

精悍な顔は、堪えきれないとばかりに浮かんだ笑みに歪んでいる。

「おまえはもう俺を愛してはいないんだな」

「……シルヴィオ……」

「いいだろう、解放してやる。だがその前に、俺を裏切った報いを与えてやる。部屋に入れ」

上官が部下に命じるかのように事務的に言い、直後、「いや――」と前言を翻した。

「ここでいいか。めんどくさい」

目の前のティーテーブルを顎で示しつつ無造作に命じてくる。

「テーブルに手をついて尻を出せ」

「………」

一瞬にして、別人のように変わってしまったシルヴィオを言葉もなく見つめていると、彼は再度短くくり返した。

「早くしろ」

口調はあくまで静かなもの。しかし有無を言わせない威圧感がある。

「――……」

気圧されたアイディーリアは、一歩、二歩と後ずさった。

しかし逃げ出す前にすばやく腕をつかまれ、強い力で引き戻される。

「いやっ、放して……っ」

身体を硬くして頭を振ったものの、シルヴィオは力尽くでアイディーリアをうつ伏せにし、ティーテーブルに押しつけた。大理石の天板が、冷たくそれを受け止める。

「シルヴィオ……っ――」

全力での抵抗をものともせず、ドレスのスカートをめくり上げ、ドロワーズを引き下ろした彼は、自分の前をくつろげて、いきり立つ雄を取り出した。

彼の意図を察し、アイディーリアは顔をこわばらせる。

「やめてください、お願いです。それだけは……！」

男性が女性の背後からつながる体位は獣のものだとして、教会が強く禁じている。せめてその禁忌にだけはふれたくないというアイディーリアの意思を、これまでシルヴィオは尊重してくれていた。

だが――

「言えた義理か」

冷たい返答だけをよこし、彼は背後からアイディーリアの片脚を抱え上げる。そして屈辱的な形で大きく開かれたそこに、硬く昂ぶった怒張をひと息にねじ込んできた。

「ひぃっ、やぁあぁっ――……！」

まだ準備の整っていなかった場所への残酷な仕打ちに、テーブルにすがる指の先が冷たくなる。

灼熱の杭のもたらす苦痛に涙があふれ、噛みしめた唇から細切れのうめきを漏らす。

その背後で低い笑いが響いた。

「苦しいか？　いいざまだ」

体重をかけて太い根元まで埋め込んでしまうと、彼は容赦なく腰を使い始めた。

「愛する女に殺されようとしていた、俺の痛みを思い知れ」

「んっ、……はぅっ……んっ……ぅっ……！」

片脚だけを抱えられたまま、荒々しく身体を前後に揺さぶられる。

くちびるを引き結び、眉根を寄せ、アイディーリアは暴虐に耐えた。

（だめ――この体勢は、いけないのに……っ）

痛みと、後ろからされることへの罪の意識の双方に苛まれながら、テーブルの上で苦悶する。

しかし欲望の突き上げを受け止め続けるうち、やがて少しずつ身体はほころび、結合部からぬちゃぬちゃという音が響き始めた。

男女の交合に慣れた身体は、こんな乱暴なやり方からも歓びを拾ってしまうようだ。

そしていつものように、次第に彼のもたらす官能にねじ伏せられ、支配されていく。

ガツガツと奥を穿つ動きが激しくなるにつれ、テーブルにすがる手から力が抜けていき、身の内が悩ましく火照り出した。

やがて、抱えられていないほうの脚からも力が失われると、自重によって結合がより深まっていく。

苦悶はいつの間にか、手足の先まで痺れ、眩暈のするような快感への煩悶に転じた。

教会の教えに反する禁忌の行為——その罪悪感が、恐ろしいほど悦楽を燃え立たせることを、身をもって思い知る。

さらにはいつもとちがう角度からの突き上げが、新しい歓喜をもたらした。

「あっ、……あっ、あぁっ、……や……め、……んっあっ……あぁ、ぁっ……！」

怒張の切っ先に、うねり絡む蜜洞の天井部をごりごりと擦られるだけでもたまらないというのに、みっしりと中を埋め尽くす熱塊は、思いがけないところから奥を突いてくる。

加えて彼は、すっかりくだけていたアイディーリアの腰を、自らの熱杭で押し上げるような激しい抽送をくり返した。宙に浮いた腰が落ちてくるところを見計らい、強く突き上げてくるのだ。

おかげでこれまでになく深々と内奥を抉られ、ひときわ高い悲鳴を上げる。

「あぁぁぁ……！」

気持ちいいという言葉も吹き飛ぶほどの淫撃に、気がつけば大理石のテーブルにしがみつき、気が遠くなるほど感じ入っていた。

「どうだ？　獣の体位も悪くないだろう」

嬲る言葉に向け、かろうじて首を振る。

「やぁっ、こんな……こんなのは……だめですっ、……だめぇぇっ……！」

口ではそう言いつつ、全身を満たす恍惚の激しさに、強靭な雄茎を呑み込んだ腰を大きくうねらせる。

思わずずり落ちそうになってさ迷わせた手が、テーブルの上の茶器を払い落としてしまった。陶器の割れる音が響くなか、激しい突き上げに重いテーブルまでもがガタガタと傾き始める。

すると彼は舌打ちをして中断し、アイディーリアの身体をテーブルから離れた絨毯の上に移した。

うつ伏せに寝かせた後、ドレスのスカートを腰までめくり上げ、尻だけを高く突き出させる。

「いやぁっ……」

まるで自分からねだるような体勢に耐えられず、何とか姿勢を変えようとするものの、尻をつかんだ彼の手がそれを許さない。

「何をしている。もっと腰を上げろ。獣のつがい方の悦さを教えてやる」

無情にそう言うと、まさに獣めいた荒々しい動きで、ふたたび太い根元までずぶずぶと貫いてくる。

「あぁぁぁ……っ」

今度は蜜洞が熟れていた分、挿入も容易だった。

奥の性感をずどんっと穿たれ、脳裏が真っ白に染まったアイディーリアの喉から甘い悲鳴が迸る。

細い腰をブルブルと震わせ、野太い男の欲望を貪婪に締めつける反応を、彼は嗤った。

「ひどくされても感じるのか。堕ちたものだな」

犬のように這わされ、下半身を剝き出しにした姿で犯される。

そんな状況は耐えられないと理性が叫んでいるというのに、重く鋭い衝撃を奥に受ければ、淫蕩な心地よさに身体がふやけてしまう。

蜜襞は愛液をあふれさせて逞しい剛直を貪り、奥へ奥へと強く引き込もうとする。

「これまでずっと、女にだまされる男達を嗤っていた。おまえみたいな女を見つければいいのになどと考えていた。……俺も普通の男だったということか」

自嘲を交えて乱暴に腰を打ちつけられるほど、性感へのたまらない衝撃が全身に響き渡り、蜜洞がぎゅぅっときつく締まった。

「……あぁっ……、いっ、いいっ……！　……あンっ、……あぁっ……！」

アイディーリアが絶頂に近づく気配にすら苛立つのか、彼は鋭い腰遣いでパンパンと尻を打ち据えてくる。

こちらに思い知らせるかのごとき攻撃的な抽送は、まるで奥に凶器をたたきつけられているようで、感じすぎてしまうあまり意識が朦朧としてくる。

「いっ、……あぁっ、……はぁっ、あぁぁ、ぁ……っ！」

胸は張り裂けるような哀しみを訴えているというのに、身体は脳髄まで貫くような気持ちよさにくずれ落ち、より深い淫悦に溺れるばかり。

「そして君は、結局ルヴォー家の人間だったということだ」

忌々しげに吐き捨てた彼は、尻をつかむ手に力を込め、いっそう乱暴な腰遣いになった。

「あの、性悪で、強欲で、人でなしの一族の……！」

「あっ、あぁっ、あぁンっ、あぁぁっ……！」

ガツンガツンと憤怒に昂ぶる欲望をぶつけられながら、アイディーリアは絶え間なく喘ぎ、すすり泣く。

涙に暮れながら、自分に下される罰をただただ受け止める。

許して、などとは決して言えない。

五年前とちがい、今回は自分の意思で彼に背いた。――寛大な心を傷つけ、想いを踏みにじったのだから。

彼の失望、激怒、憎しみ、恨み、屈辱を受け止めなければならない。

（罰を……受けなくては――）

灼けるような官能に翻弄されながら、アイディーリアはぼんやりとした頭でそう考えた。

手のひらからこぼれ落ちた幸せに未練を感じるべきではない。

それは元から手に入るものではない。五年前の罪を償うため、あらゆる幸せを手放すと決めた——あの時から、明るい未来には背を向けてきた。

（シルヴィオと結ばれるなんて……ありえない——）

今の自分にできるのは、彼の憤懣を受け止めることくらい。

ぎゅうぎゅうと中のものを引き絞る蜜洞の感触に、彼が低くうなる。

わずかな胴震いの後、ドッと中に吐き出された熱い精を感じ、アイディーリアもまたブルブルと激しく痙攣しながら天国への階を駆け上がる。

「あ、ぁあぁっ……！」

快楽の淵に堕ちた自分は、そのつど本物の天国から遠ざかっているのだろう。

そう思いつつ——

彼を少しとはいえ慰めることができた満足に、その瞬間、アイディーリアはひそかなほほ笑みを浮かべたのだった。


暴力的に貪られる情事が終わった時には、すっかり夜も更けていた。

就寝の時間を過ぎていることもあり、あたりはすっかり静けさに包まれている。

ソファの座面にすがりつき、大きく息を乱しているアイディーリアを置き去りにして、シルヴィオは黙って寝室に入っていった。

「――……」

覚悟はしていたにもかかわらず、穢らわしいものでも見るような彼の眼差しにさらされての情交は、アイディーリアの胸を深く抉った。

床に落ちていたドロワーズを拾い、のろのろと身につけた後、ドアの前でできる限りドレスを整え、静かに部屋を出る。

月白色の瞳は、二度と自分の前に現れるなと言っていた。またアイディーリア自身も、もうここにいることはできないと思ったからだ。

ドアを閉める時、ほんの少しだけためらった。

これが彼との最後になるかと思うと切ない。

(しかたがないわ。こうするしかなかったから――)

彼は自分の命を脅かされながら、それでもアイディーリアを信じようとした。

何かのまちがいだと――事情があるのだろうと、差し出されてきた彼の手を、あえて手ひどくはねつけたのだ。激昂させ、捨てられるのは予想できたこと。

姉の要求を拒めなかった自分の、当然の帰結だ。

しかしそれを彼に伝えることのできない理由もあった。

（どうしよう……）

これまでの経緯を考えれば姉を頼りたくはない。

とはいえこんな時間では、王宮を出て安全な辻馬車を見つけるのもひと苦労だ。

途方に暮れた気分で、とぼとぼと人気のない廊下を歩く。

自分のみじめさに涙が出てくる。

ぽろぽろとこぼれ落ちる涙を、アイディーリアは何度も手でぬぐった。

豪奢なドレスに身を包む自分を、たまらなくみすぼらしく感じながら……。

五章　苦悩と真実

「こんな条件、あんまりですわ！　とても正気とは思えません！」

会議に使う広間に王妃の甲高い声が響いた。

濃緑の壁紙に合わせ、同色の大理石を象眼して模様を描いた飴色のテーブルをたたきながら彼女が訴えるのは、ひと月かけて協議した休戦協定の、こちら側が提示した最終的な草案についてである。

「話し合いの内容がまったく反映されていないではありませんか！　これでは何のための交渉だったのか――」

激昂する王妃へシルヴィオは冷ややかに応じた。

「これでも譲歩したほうですよ。我が王はさらに苛烈な条件をお望みでしたから」

「このように屈辱的な要求に屈するくらいなら、戦争を続けたほうがまだマシというものです」

「結構。それはそれでかまいません。休戦を望んだのはあくまで貴国のほう。我々の側ではないのですから」

挑発的に鼻を鳴らすと、テーブルに身を乗り出した王妃は怒りにブルブルとふるえながら、にらみつけてきた。

（醜いな――）

それが率直な感想である。

五年前、十八歳だった彼女はまさに花の盛り。ルヴォー家に咲き誇る薔薇ともてはやされていた。

しかし今は心労ゆえか肌艶が失われ、それを隠そうと厚塗りをした化粧の白さばかりが目立つ。忙しなく動く眼差しには、内心の動揺が色濃くにじんでいる。

（夫があてにならないのでは無理もないが……）

昏い喜びに、口の端を持ち上げた。

国王は現在、持病をこじらせて床に臥しているという。しかし実際は毎晩悪夢にうなされ、ベッドから出てこられないだけだということはつかんでいる。

自分の犯した罪の大きさにふるえているようだ。

シルヴィオは胸の内にある深く静かな憎悪を燃え立たせた。

メディオラムで地位を得た後、シルヴィオはフォンタナ家の粛清の真相について独自の調査を始めた。

その結果、フォンタナ家の若者達が夜陰に紛れてルヴォー家の当主を襲った件も、誰かに巧みに唆されてのことと判明した。またその後で粛清が起きたのは、何者かが直属の兵士を使って街中の至るところで人々を扇動し、フォンタナ家への怒りを煽ったためだということも明らかになった。

計画的にフォンタナ家を陥れた黒幕は他でもない。現国王である。

当時王太子だった彼は、父親である国王と激しく対立していた。よって国王の権力を削ぐため、その後ろ盾である有力貴族のフォンタナ家に狙いを定め、ルヴォー家の敵愾心を利用した。

そして混乱に乗じて見事に父親を追い落とし、王位を手に入れたのである。

そこまでは計画通りだったわけだ。

(だが——)

まさかそのフォンタナ家の嫡子が生きていて、復讐しに戻ってくるなどとは、予想もしていなかったにちがいない。

その恐怖は当然だ。

こちらとて、もちろん容赦するつもりはない。

だまって見据えていると、王妃はやがて、うなるように応じた。

「……さすがにこれは、わたくしの一存では決められません。国王陛下に裁可を仰がなければ……」

自分で選んだ道とはいえ、精神の脆弱な男を夫に持ち、苦労が多いことだろう。

シルヴィオは鷹揚にうなずいた。

「どうぞ、お持ち帰りください。急ぐ必要はありません。時間はたっぷりありますから」

「……なるほど。ノエルハイム大公は、お気に入りの世話係をかわいがるのに忙しいようですもの。わたくし達を困らせて、時間稼ぎをするおつもりかしら」

ちくりとした王妃の皮肉に嘲笑を返す。

「あれなら捨てました。興味が失せたので」

「捨てた？　それはむごいこと！　わざわざ神に仕える女を世俗の欲望で穢しながら、最低限の責任を取ることもないと？」

「無論、初めは妻に迎えることも考えていましたが――事情が変わりました。致死性の毒物を隠し持っていたのです。いったい誰の指示やら存じませんが、物騒なことです」

薄い笑みを浮かべて言うと、王妃は目線を逸らしながらも白々しく返してくる。

「まぁ、それは恐ろしいこと……」

「何者かが私の命を狙っていたようですが、どうにも心当たりがなく苦慮しております。

王妃様はいかが思われますか？」


退屈な会議の後、シルヴィオは射撃場に向かった。

従者の手によって遠くで放される鳩を狙うものの、昨夜から続くイライラのせいか集中できず、まったく当たらない。

当たらないことにますます気が立ち、鬱憤がたまっていく。

原因はわかっている。アイディーリアだ。

ロベールをはじめとする部下達の、彼女を問い詰めるべきという圧力をかわすことができず、むしろ疑いを晴らすためと信じて、ちょっとした鎌をかけた。

その結果、見事に当たってしまったわけである。

おまけにその後、勝手に彼女の持ち物を漁った部下達は、決定的な証拠を見つけてしまった。

(なぜだ。アイディーリア、なぜ……！)

もっとも怪しい人間から目を逸らし続け、その結果裏切られていた事実を知り、衝撃を受けている……。

自分の愚かさを自覚しつつ、それでもまだ信じることができない。

彼女がシルヴィオではなく、姉を選んだことを。

（——ルヴォー家の命運がかかっているとなれば、さすがに無視できなかったか……）

だとすれば自分はまったく彼女の真意を読めていなかったことになる。

（アイディーリア——）

昔から、愛らしく純粋でありながら、存外油断のならないところもある少女だった。

名家の娘としておとなしく従順に振る舞う一方、裏ではしっかりシルヴィオと逢い引きを重ねていた。愛のためなら周囲を出し抜くしたたかさを持ち合わせていた。

（大人になれば、一筋縄ではいかない女になるだろうと、わかっていたはずなんだがな……）

再会を経て、多少強引な方法で手に入れたものの、そのまま信頼関係を築いていけば、いずれ元の鞘に収まると高をくくっていた。

物の見事に、その驕りの裏をかかれたわけだ。

「——……っ」

鳩が放たれる。長い猟銃を構え、よくねらって撃つ。

しかし鳩は、銃声が響いた後に悠々と空を飛び去った。

「ちっ」

腐った気分で猟銃を下ろす。

一緒に過ごす時間が長くなるほど、過去の想いが甦り、抑えきれなくなった。亡き一族への後ろめたさは次第に薄れ、愛情だけが募っていった。

(――そうだ)

何よりも忌々しいのは、その事実だった。

裏切られていたとわかった今もなお、自分は彼女を愛している。

そして彼女が――自分のものにしたと思っていた彼女が、あろうことか一族を選んだことに、自分勝手な衝撃を受けているのだ。

『もう自由にしてください……!』

悲痛な叫びが頭から離れない。

「絶不調ですね」

からかう声に振り向けば、ロベールが傍に来ていた。

シルヴィオはむっつりと問う。

「首尾は?」

「順調です。大公の恨みの深さと復讐心について、人を送って毎日国王に吹き込んでいます。不眠と不安のおかげで心の均衡を失った国王は、今やまるで廃人だそうです」

「自らの抱く恐怖に負けたんだろう」

シルヴィオは猟銃に弾を込めた。乱暴な手つきを、部下はおもしろそうに眺めてくる。

「……当たらないのに、まだ続けるんで？」

「あたりまえだ。不調のまま終われるか」

吐き捨てるように応じ、遠方で待つ従者に、鳩を放すよう合図を送る。ロベールは立ち去る様子なく、きょろきょろとあたりを見まわした。

シルヴィオは猟銃を構えつつ、そちらに声をかける。

「なんだ。まだ何かあるのか？」

「いえ。ただ……大公の大事な世話係について、お耳に入れておきたいことが――」

よく狙って撃つと、今度こそ命中した。勢いよく飛び立った鳩が地上に落ちていく。

ロベールが手をたたく。

「お見事です」

「――今後二度と、俺の前でその話をするな」

深い怒りを込めて告げると、彼はその場で静かに頭を下げて去って行った。

「……アイディーリア……」

自分のつぶやきで、シルヴィオは目を覚ました。どうやらソファでうたた寝をしていたようだ。

結局、昨夜は全然眠れなかった。仕事のせいだと心の中で言い訳をしたが、そうでないことは自分が一番よくわかっている。

夢の中には五年前の——まだ愛し合っていた頃の彼女が出てきた。

彼女は初々しく頬を染め、シルヴィオに笑いかけてきた。

シルヴィオはそんな彼女の手を取り、引き寄せて細くやわらかい身体をそっと抱きしめた。

いつか自分のものにするのだという甘い期待を胸に。

(夢とは、正直なものだな……)

事ここに至っても、まだアイディーリアが恋しい。

他の女を呼ぼうなんて思いもしない。

シルヴィオは片手で顔を覆った。

彼女がいい。

彼女でなければダメだ。

「アイディーリア……」

胸が苦しい。

怒りと、失望と、恨みと、憎しみと、あらゆる負の感情が重く渦巻いている。

なのにそれらをあざ笑うように、心の中でもっとも強く、大きな声が言うのだ。

「…………会いたい…………っ」


裏切りがどうした。

元々政治の世界に生まれ、生きてきた。自分の都合で、人はいくらでも手のひらを返すということは、よく心得ている。

そのくらい呑み込んでしまえ。そも大人の男女とはそういうもの。

互いの求めるものがちがっても、情を交わすことはできる。夫婦にだってなれる。

爛れた男の声がしたかと思えば、心の奥に残る、純真な少年の声が応じる。

他の女ならともかく、アイディーリアの背信は許せない。

彼女は無垢な初恋そのもの。

自分の信頼に応えるべきだった。それを台無しにしたのなら、それはもう自分の欲する彼女ではない。

身体だけの関係を続ける意味などあるのか。

だがそもそも、最初に無理やり彼女を手折ったのは自分だ。身体だけの関係は、自分が強要し続けていたものだ。

でも――だけど……いや――しかし……

もだもだとした熟考を延々と続ける。

二刻も三刻も悶々と悩み続けた結果、シルヴィオは白旗を揚げる思いで、とうとう結論を下した。

「会いたい。アイディーリア……！」

たとえ欺(あざむ)かれたのだとしても、彼女が自分にとって唯一の女であることに変わりはない。それなら背信ごと受け入れるしかないだろう。

(彼女の意志なんか関係ない)

あくまで姉につくというのなら、この国から、ルヴォー家から、奪ってでも手に入れよう。

その思いつきに、シルヴィオは霧が晴れるような気力を得た。

(そうだ。初めから、そうすればよかった)

彼女なしの人生など考えられない。

「────」

一度そう決めると行動は早かった。

上着を羽織り、手早く外出の身支度を整える。装飾の細剣を手に、いざ部屋を出ようとした、その時。

廊下のほうで争うような人の声がした。

「ですから、怪しい者ではありません！　ここにフォンタナ家のシルヴィオがいるのでしょう？　会わせてください。……いいえ、会わせなさい。あなたに私の邪魔をする権利などありませんよ！」

明らかに鼻っ柱の強そうな、若い女の声。

耳にしたとたん、稲妻に打たれたような衝撃が走った。

（——この声は……!?）

あわてて樫材のドアを開け、外に出る。

そこで警備の兵士と揉み合っているのは案の定、記憶の中にある相手だった。

「エウリュディケ!?」

まちがいない。五年前に死んだはずの妹である。

「おまえ……なぜ……っ」

「お兄様！」

五年ぶりに会う妹は、まっすぐ腕の中に飛び込んできた。

「お兄様、よかった！　お元気だと聞いてはいたけれど……」

「俺はともかく、……おまえは……」

「逃げたのよ。逃げて、逃げて、今までずっと隠れ住んでいたの。だって見つかると大変なことになってしまうんだもの……っ」

涙を浮かべて見上げてくる妹を、安堵と感動を込めて抱きしめる。

「よかった。おまえだけでも無事でよかった……！」

「私だけじゃないわ。他にも生き延びた人はいるのよ。本当はもっと早く会いたかったんだけど、お兄様は難しい立場だし、今は任務で頭がいっぱいのようだし、再会は落ち着くまで待ってほしいって言われてて——」

一方的に押し寄せる妹の言葉を耳にするうち、シルヴィオの中で何かがひらめく。

暗闇で光る花火のように、真実の光がまばゆく弾ける。

「……誰に？」

「それより、なんだかお兄様、だいぶ雰囲気変わった？」

「質問に答えろ！　誰がおまえに、俺と会うのを待てと言った？　フォンタナ家の残党の安全に配慮しているのは誰だ？」

問いながら、自分の中ですでに答えは見えている。

果たして妹は、ごく当然とばかりに返してきた。

「もちろん、アイディーリアよ。でも黙っていたことで彼女を責めないいって約束して？どうしようもない事情があるんだから——」

「五年前のあの日……お母様に言いつけられた用事があって、私は屋敷を出ていたの。途中で何かがおかしいことに気がついて、侍女と共に近くの教会に逃げ込んだわ。ところが見つかってしまって、必死に逃げまわっていた時、たまたま通りがかったアイディーリアが助けてくれたの。彼女は私を自分の馬車に乗せてくれて、おまけにルヴォー家のお屋敷に連れて行って、ひと月ほどかくまってくれたのよ……」

その後、アイディーリアはひそかに王都の近郊に打ち捨てられていた目立たぬ屋敷を買い、そこにエウリュディケを移した。

さらに他のフォンタナ家の生き残りを救いたいと言うエウリュディケの懇願を受け、その屋敷を拠点として提供したのである。

粛清を生き延びたフォンタナ家の人間は、ほとんどが見つけた人間の金儲けに使われていた。男も女も鉱山や娼館、異国に売られていった。

そういった者たちを探して助け出すために、アイディーリアは奇策に打って出た。

「まず自分の持っているものを全部売り払って、まとまったお金を作ってから、知り合いが運営しているという修道院に入ったの」

「あの修道院か？」

「えぇ。あそこの院長は遠い親戚だそうよ」

おまけにその院長は、フォンタナ家の境遇に同情的でもあった。

よってそこに身を寄せたアイディーリアは、実家で暮らしていた時よりも格段に行動の自由を得て、ろくに外に出ることもできなかったエウリュディケ達を、献身的に世話してくれたのである。

また各地の教会へ使いに出るついでに情報を集め、売られた者を見つければ密かに助け出し、屋敷に連れてきた。

やがて助けたフォンタナ家の残党の中から有志が集まり、他の被害者を救い、外国に逃がすための組織が少しずつ作られていった——

「アイディーリアが、そんなことを……？」

「えぇ」

ルヴォー家の父親と姉は、しばらくしてそのことに気づいたが、「邪魔をすれば陰謀について世間に洗いざらい公表する」と言って引き下がらせたのだという。

また、その頃にはすでにフォンタナ家の生き残りを多数国外に脱出させていたことから、それが国王の耳に入ればルヴォー家もただではすまないという事情もあり、二人は口をつぐんだようだ……。

説明を聞き、シルヴィオは頭を抱えた。

「まさか、そんな――」

(アイディーリアが、持てるものすべてを投げ打って、フォンタナ家の者達を救うために使っただと?)

その間、自分は何をしていた?

それだけではない。再会した彼女に何をした?

そして昨夜、いったい何を――

そこまで思い返し、シルヴィオはハッとする。

「なぜ今日になって急に俺を訪ねてきた?」

妹は何でもないとばかり肩をすくめた。

「言った通りよ。前々から会いたいと思っていたのだけど、まだ色々と難しい状況だから待ってって言われていたの。もし私達が生きていることが明らかになったら、みんな捕まって殺されちゃうかもしれないし、そもそもお兄様も私達に絶対会いたくないと言ったんでしょう?」

「――それは……」

確かに、彼女からフォンタナ家の生き残りに会いたいかと問われ、そう答えた。

まさか、こんなことになっているとは思わなかったからだ。

ばつの悪さを感じ、シルヴィオは口元を手で覆った。

「悪かった。だが俺にも色々とやらなければならないことが……」

「別に責めてないわよ。とにかく、そういうわけで彼女とは誰にも知られないよう、いつもこっそり会って近況を報告し合っていたの。けれど今日の午前中、約束をしていたのに現れなくて」

「――約束……？」

そこで、ふと気づく。

「……もしかして、馬車の中で会っていた相手というのはおまえか？」

以前部下が、アイディーリアは時々王宮を出て何者かと連絡を取っているようだと報告してきた。馬車の中を検めたところ、美しく気の強い女がいたとも言っていた。

(アイディーリアは乳姉妹の侍女だと言っていたが――)

エウリュディケは「えぇ、そうよ」とすんなり認めた。

「最近は王妃のベアトリーチェ様が、アイディーリアに言うことを聞かせるために何かと嫌がらせをしてきて、ちょっとめんどくさいのよね。今日もなるべく急いで相談したいことがあって――」

そこで彼女は小さく舌を出す。

「だから王宮に、こっそり忍び込もうとしたの。私ひとりくらい何とかなるんじゃないかと思ったんだけど……失敗しちゃった。でもお兄様に会えてよかったわ」

妹はふたたび両手をのばし、シルヴィオにひしと抱きついてきた。

「会いたかった……。お兄様が生きていると聞いて、本当にうれしかったのよ……！」

「エウリュディケ、教えてくれ」

「なに？」

「アイディーリアの行きそうな場所に心当たりはないか？」

訊ねると、彼女は抱きついたまま顔を上げ、小首を傾げる。

「彼女はここにいるんでしょう？」

「……いや、じつは――」

これまでの経緯を知った今となっては言いにくいことこの上なかったが、時間が惜しいこともあり、シルヴィオは昨夜の出来事を正直に話した。

妹の顔から、みるみる血の気が失せて真っ白になる。

「信じられない……」

大きな目ににじむ涙が胸に刺さった。

「あの方は恩人よ？　私だけじゃない、フォンタナ家の多くの者が、あの方に恩があるというのに……っ」

身を離したエウリュディケは、兄の衣服をつかみ、すがりつくように訴えてくる。

「今すぐ探して見つけて。お願いよ、お兄様……。私とあの方を、早く安心させて……！」

踵を返した。

馬車を呼んで妹を送るよう部下に言いつけると、シルヴィオは床を蹴るようにその場で

「言われるまでもない」

王宮中を走りまわって探したものの、求める姿はどこにも見当たらなかった。

悩んだ末に王妃の侍女にも探りを入れてみたが、来ていないという。ベアトリーチェは妹がお払い箱になったことを知らないようだったから、嘘ではないだろう。

いたずらに時間ばかりが過ぎ、シルヴィオは胸を焦がす焦燥に舌打ちした。

思い悩んだ末に厩舎へと走り、そのまま馬で王宮を後にすると、王都近くの修道院まで全速力で走らせた。

三十分ほどで到着するや、門前まで院長を呼び出し、アイディーリアが来なかったかを訊ねる。

年輩の院長は、歳を感じさせぬ剣幕で怒鳴ってきた。

「帰ってこられるはずがないでしょう！」

世俗の事情で無理やり還俗させたことを、いまだに根に持っているようだ。

追い払われるように修道院から離れ、ふたたび王都に向けて馬を走らせながら、気が気

なかった。

知る必要がなかったのだ。

「一体どこにいるんだ……！」

　他に心当たりなどない。ずっと自分の近くに置いてきたため、彼女と縁のある場所など知る必要がなかったのだ。

　どこを探せばいいのか、皆目見当がつかない。誰に訊けばいいのかもわからない。

　気ばかり焦る自分を落ち着け、手綱を引いて馬の速度を落とした。

　一度王宮に戻って部下達を集めよう。王都中をしらみつぶしに探させて、そして――

　頭の中で算段をつけていたところへ、蹄の音が近づいてきた。

「大公！」

　見れば、ロベールが波打つ長い髪をなびかせ、王都のほうから馬を走らせてくる。

「よかった。すれちがわずにすみました……っ」

　近くまで来ると、彼は速度を落として横に並んだ。

「どうした」

「いえ、王宮で大公がアイディーリア殿を探していたと小耳にはさんだので……」

「どこにいるのか知っているのか!?」

　美丈夫な部下の言葉に、思わず詰め寄る。

　相手は両手を軽く上げ、それを押しとどめた。

「……知ってますけど、怒らないでくださいよ」

「どういうことだ？」

「ですから、まず約束してください。何を聞いても怒らないと。そうでなければ言えません」

おどけたようなほほ笑みには、ひと癖もふた癖もある部下達に特有の含みがあった。

ふと胸にわき起こったいやな予感に、シルヴィオは眉根を寄せる。

「…………わかった。怒らない。どこだ」

「近衛連隊宿舎ですよ。我々が保護しています。まぁ、命は無事としか――」

奥歯に物がはさまったような言葉が示すことは、ただひとつ。

予想もしなかった事態に、頭が真っ白になるのを感じた。

「……なん、だと……？」

しばしぼう然とした後、相手の襟首をつかんで絞め上げる。

「それはどういう意味だ！　言え!!」

「いや、だって、あんな遅い時間に、脱げかけたドレスをまとって、ひとりで歩いてたから……！」

なされるがまま前後に大きく揺さぶられながら、ロベールは弁解するように言った。

「声をかけたら、夜の女みたいに肌を出して誘ってきたんですよ。大公に捨てられて、行くところがないって……っ」

「誘ってなんかいない！　そんな女じゃない！」

「でも大公をその気にさせて、裏切って、恥をかかせた女じゃありませんか。いわば俺たちは上官をこけにされたんです……っ。思い知らせたって悪かないでしょう!?」

「彼女を──アイディーリアを……!?」

ロベールはこちらの手を振り払い、襟元を整えながら不服そうにぼやく。

「そもそも夜遅くに、あんな恰好でフラフラ街に出ようとしていたんですから。どっちにしろ似たような目に遭ってましたよ」

平然とうそぶく相手を、シルヴィオは全力で殴った。

「大公……っ」

「うるさい！　後で好きなだけ殴らせてやる！」

抗議の声に向け全力で怒鳴ると、馬に轡をはめて全速力で走らせる。

中腰のまま低く身をかがめ、兵舎にしている近衛連隊宿舎へと、可能なかぎりの速さで飛んでいった。

（まさかアイディーリアがそんな目に……！）

彼女がひとりで出て行ったのには気づいていた。あんな時間に出たところで、途方に暮れることは明らかだった。

(アイディーリア、すまない。すまない……！)

自分の大人げない振る舞いのせいで、彼女が荒くれ者の部下達の慰みものにされたというのか？

襲いかかる衝撃に吐き気がする。想像するのも耐えられない。

見知らぬ屈強な男達に囲まれ、どれだけ恐ろしかったことだろう。

どれだけつらかっただろう。

必死にシルヴィオを呼び、来ない助けを待って泣いたにちがいない。

(俺は——俺は、なんということを……！)

姉を頼ると思ったというのは言い訳にすぎない。

ろくなことにならないと、少し考えればわかったはずだったのに！

(すべて俺の責任だ……!!)

脇目も振らず近衛連隊宿舎に駆けつけ、馬が止まるのも待たずに飛び下りる。

「大公！　お戻りですか——のぁ……っ」

走り寄ってきた部下を出会い頭に突き飛ばし、問い詰める。

「アイディーリアはどこだ！　言え！」

相手はハッとしたように青ざめ、顔をこわばらせた。

「それは……そのぅ……」

部下はゆっくりと人差し指を上げ、宿舎の中を指さす。

シルヴィオは中に向けて走った。

廊下で行き合った部下達は、駆け込んできたシルヴィオの剣幕を目にすると、驚き焦る顔になり、そろって手近な部屋に逃げ込んだ。

「待て！　アイディーリアはどこだ!?　彼女はどこにいる！」

逃げ損ねたのを捕まえ、首を絞めて問い詰める。

「お……奥の、客室に……っ」

何とか応じた相手を壁にたたきつけるようにして放り出し、シルヴィオは指さされた客室のドアを、ノックもせずに開けた。と——

そこに、求める姿があった。

まずまず小ぎれいに整った室内である。客用の大きな寝台に腰かけているアイディーリアは、別れた時とまったく変わらない様子だった。

ふいの来訪に驚いたようで、ぽかんと目を丸くしてこちらを見上げている。

その前には、堆(うずたか)く積まれた白いシャツの山。そして彼女の横には、きちんとたたまれたシャツが並んでいる。

どうやら洗濯物をたたんでいるようだ。

「…………え？」

シルヴィオは間の抜けた声をもらした。

（どういうことだ……？）

廊下のほうから、こらえきれず噴き出す音や、クスクス笑う声が聞こえてくる。

その瞬間、すべてを悟った。

（やられた……！）

部下達にまんまと嵌められたのだ。

彼らの冗談がきついことは、いやというほど理解していたはずなのに。

「シルヴィオ……様……？」

ずっと聞きたかった声が自分を呼ぶ。

彼女は立ち上がり、シルヴィオに抱きつこうとするかのように、両腕を出しかけてから、我に返ったようにそれを引っ込めた。

そして胸の前でこぶしをにぎり、必死な面持ちで訴えてくる。

「毒は……入れていません。一滴も。……お願いです。わたしを――」

そこまで言ったところで、大きな榛色の瞳からぽろぽろと涙がこぼれ落ちた。

しゃくり上げながら、彼女は何とか続ける。

「……わたしを、信じてください……っ」

次の瞬間、シルヴィオは物も言わずに華奢な身体を抱きしめる。

彼自身、途方もない安堵に涙をにじませながら、実際にはアイディーリアを丁重に保護してくれていた部下達に深く感謝した。

……たとえ彼らが、あえてシルヴィオに誤解させるような物言いで嵌めてきたのだとしても。

⚜ ⚜ ⚜

シルヴィオはものすごい勢いで室内に駆け込んできた。

おまけにその姿は――髪はぼさぼさ、汗だくで目を血走らせ、大きく息を乱している。

精悍で知的そのものな普段の姿からは想像もつかない出で立ちだ。

(どうしてここにいるの……？)

五年前の事件があってから、アイディーリアは、自分が幸せになる未来などありえないと思っていた。

父や姉の分まで償う道を歩き続けようと、固く心に決めていた。

だから彼の好意を退けたことは、決してまちがっていなかった――

ここに来てからずっと、昨夜の自分の行動を正当化し続けていたにもかかわらず、シルヴィオの顔を見たとたん、すべての決意が吹き飛んでしまった。

もう二度と会えないと思っていた相手が、そこにいる。

アイディーリアの背信に深く傷ついたはずのシルヴィオが、食い入るようにこちらを見つめている。

たくさんの言葉が、頭の中で湧いては消えた。

そんな中、アイディーリアはどうしても——これだけは絶対に伝えなければならないと、とっさに思いついたことを口にした。

「毒は……入れていません。一滴も。……お願いです。わたしを——」

激しい希求(ききゅう)がこみ上げる。

姉の企みの片棒を担いでおきながら、今さら虫のいい話だと理解はしていても。

彼は決してアイディーリアを許さないだろうが、それでも。……それでも。

「……わたしを、信じてください……っ」

後悔と諦念(ていねん)とを嚙みしめ、そんな言葉をしぼり出した瞬間。

アイディーリアは強い力で抱きしめられた。

「あぁ、信じる。信じるとも——」

彼もまたふるえる声で応じる。

「放り出すような真似をしてすまなかった……！」

「――……」

熱い抱擁に涙がこみ上げてきた。

我慢などできるはずがない。アイディーリアも両腕をまわして強く彼にしがみつく。

「シルヴィオ……っ」

呼びかけに応じるように抱擁の力が強まった。

ふたたび会えた奇跡をひたむきに受け止めていると、部屋の入口で能天気な声が上がる。

「いくらなんでも大公の恋人に手を出すわけないじゃありませんか！」

見れば、頬を腫らしたロベールと、他の面々が、ドアのところに立って中をのぞき込んでいた。

「いつもの大公なら、すぐに担がれてるって気づいたはずですよ」

「こんな見え透いた嘘に引っかかるなんて、どれだけ頭に血が上ってたんです？」

ニヤニヤ笑いでの部下達の揶揄に、シルヴィオが恨めしげに声を張り上げる。

「そもそもロベール！　おまえ、アイディーリアを疑ってたんじゃなかったのか!?」

「疑ってましたよ。だからこのまま逃がすわけにはいかないと思って拘束したんです。ですが尋問したところ、大公の予定を王妃にもらしたことはないようだし、探っていたのは休戦協議の動向よりも、家同士の揉め事についてだったようなので、そうすると我々の出番はないし、どうしたものかと思いまして……」

「毒は!?」

「彼女は盛ってないと言ってました。実際、よく見たら中身は全然減ってなかったし、大公は終始ぴんぴんしてるしで、少し様子を見ようかと」

しれっと説明する部下に、シルヴィオはますます激昂した。

「ならなぜ言わない!?」

「言うつもりでした。大公が我々の冗談を真に受けず、叱責してきた後で」

くすくすと笑う周囲の声が、さざ波のようにその場に広がる。

「――――……っっ」

自分を抱擁する身体が小刻みにふるえているのを、アイディーリアはハラハラする思いで見守る。

はたして。

「全員そこに直れ！　まとめてぶった斬ってやる！」

とうとう爆発した上官の怒声に、隊員達は、いたずらを成功させた子供のように笑って逃げ散った。

客間に残された二人は、とりあえずベッドの上に並んで腰を下ろした。

「ロベールさんは、恐い顔で声をかけてきました……」

最初のうち彼は、アイディーリアがシルヴィオを害して逃げてきたのではないかと疑っていたようだ。よって保護という名目で拘束されたのである。

しかしその後、シルヴィオが無事でいるのを確認すると、今度は近衛連隊宿舎に部屋を用意すると申し出てきた。そして膝をつき合わせて色々と問い詰めてきた結果、少なくとも彼の身を危険にさらすような真似はしていないと理解してもらえたようだ。

「ですがジュロワという方の件については申し開きができませんし、わたしは出て行くと言ったのですが……、どうせ遠からず探せと言われるだろうから、いてほしいって……言われて……」

訥々としたアイディーリアの説明に、シルヴィオは沈痛な面持ちで額をくっつけてくる。

「俺がまちがっていた。エウリュディケがすべて教えてくれた」

「彼女に会ったのですか？」

「あぁ。……復讐で俺の頭がいっぱいになっていた時、おまえは俺の身内を守ってくれていたんだな。多くのものを犠牲にしてまで――」

「いえ……っ」

アイディーリアは大きく首を振った。

そのように美しい話ではない。

あまりにも大きな悲劇を前にして、何かをせずにいられなかっただけだ。

他でもない自分の父が、あのように恐ろしい陰謀に荷担していたとなれば、なおさら。

「あの日の恐怖を今でも覚えています。暴徒に路上で殺される人をたくさん目にしました」

シルヴィオをふり仰ぐ目に涙が浮かぶ。

「エウリュディケは……かわいそうなあの子は、ルヴォー家の屋敷にかくまった後、両親と兄の身を案じて家に帰りたがりました。それを押しとどめた時のつらさが――『どうして、どうして』と泣き叫ぶ、あの悲痛な声が今でも忘れられません……っ」

胸が張り裂けるような悲劇を、他にもたくさん目にした。そして父の分まで、フォンタナ家に償わなければならないと思ったのだ。

「そうしなければ、あまりにも大きな罪の意識に押しつぶされてしまいそうでした。フォンタナ家の方々に手を貸したのは、その苦しみから逃れるためです」

「そして俺が現れた時、王妃はエウリュディケ達の身の安全を盾にとり、間諜の真似事をするよう強いてきたということか？」

「はい……。初めは情報を得るよう言われただけでした。ですが……陛下がシルヴィオをひどく恐れるようになり、目的が変わったのです」

アイディーリアは力なくうなだれた。

「わたしが個人的に毒殺したことにすれば、次の使節が送り込まれてくるだろうし、休戦の協議にもさほど影響は出ないだろう、と」

「だがそれではおまえが……！」

シルヴィオがうめく。

王妃のその計画がうまくいけば、アイディーリアは死罪を免れなかったはずだ。

しかし姉は、何年も音信不通だった妹の命と、国王が心身の健康を取り戻すこととを秤にかけて、後者を取った。

「わたしがやらなければ、隠れ住んでいるフォンタナ家の誰かにやらせると——」

「……なるほど。それでわかった。おまえはあえて毒を隠さずに持ち、俺達に発見させたのだな？」

鋭い問いに、いたたまれない気分で頭を下げる。

「申し訳ありません……！」

「いや、謝るのは俺のほうだ」

彼はふたたびアイディーリアを抱きしめてきた。

「フォンタナ家の人間に会いたくないなどと言うべきではなかった。そうすれば、こんなにややこしいことにはならなかっただろうに……っ」

「わたしも、エウリュディケ達が生きていることを早く話していればよかった……。見つかってはいけないと、慎重になりすぎていました」

「何度も情を交わしたというのに、肝心なことは何ひとつ伝え合っていなかったわけだな。いや、そんな顔をするな。すべて俺のせいだ」

「いえ、それは……」

「俺がもう少し、おまえに誠実に接すればよかった。修道院から無理やり引っ張り出したのもまずかったな。反省している。それから、その後のこともすべて……」

神妙な顔で言い、彼はこちらに向けて深く頭を下げてくる。

「すまなかった――」

「シルヴィオ様……」

「おまえを傍に置くことが、死んだ者達への裏切りのように感じて――だからといって遠ざけることもできず、ひどく扱うことで彼らへの言い訳にしていたんだ。……愚かだった」

「いえ……。こちらも、姉がそれにつけ込んでひどいことをしましたから――」

月白色の瞳を見つめ、訥々と訴える。沈黙が生じ、二人の間の空気が温度を変えるのがわかった。

「――……」

じわじわと頬が色づく。

彼が少し顔を傾けてきた。しかし、互いの吐息がくちびるにふれる距離にまで近づいた

――その瞬間、廊下から忙しない足音が聞こえてくる。

はっと我に返り、あわてて距離を取ったところに、シルヴィオの部下がエウリュディケを連れて現れた。

妹の姿を見て、彼は立ち上がる。

「どうした？　帰ったのではなかったのか？」

「帰ったわ！　でも帰ったら大変なことになっていて……！」

転がり込むように客間に入ってきたエウリュディケは、恐慌状態だった。

その説明によると、フォンタナ家の者達が隠れて暮らしていた屋敷に、突然兵士達が大勢押し寄せ、中にいた全員を捕まえて連れ去ってしまったのだという。

アイディーリアは真っ青になった。

「きっとお姉様だわ。他に隠れ家について知っている人はいないもの――」

立ち上がって部屋を出ると、シルヴィオがその後を追ってくる。

「どうするつもりだ？」

「わかりません。でも止めないと……！」

追い詰められた姉が何をしでかすのか、妹のアイディーリアにもまったく想像がつかな

い。

ただひたすら、悪い予感に衝き動かされるように、二人は王宮へ向かった。

シルヴィオは、エウリュディケの護衛も兼ねて、襲撃されたというフォンタナ家の拠点に自分の部下達を送った。

アイディーリアは彼と共に王宮に向かい、そこにいたルヴォー家の人々に声をかける。

宮廷によく顔を出す人物は、これまでにシルヴィオが味方につけていたからだ。

シルヴィオが命を狙われている事情を話すと、彼らは大それた企みを見過ごすわけにはいかないと同行を申し出てきた。

「我らが一緒にいるだけでも、王妃への何かしらの抑えになるだろう」

壮年から初老の男達は、そう言ってシルヴィオとアイディーリアの後ろをついてくる。

王妃と対峙するにあたり、まずまずの助力を得た思いで、二人はベアトリーチェの私室へ乗り込んでいった。

先頭のシルヴィオが手を振ると、その場にいた侍女達がそそくさと立ち去る。

部屋の主はといえば居間の窓辺に立ち、美しい羽根をたっぷりと使った扇子を揺らしていた。

「来たわね」

余裕の笑みで迎える姉の横には国王がいる。

姉よりも十歳近く年上のはずだが、ソファの上で身を縮めていた。シルヴィオを目にすると、「殺しに来た……私を殺しに来たのだ……」とブツブツつぶやく。

ベアトリーチェはその姿を隠すように、夫の前に立ちふさがった。そして憎々しげにシルヴィオをにらみつける。

「休戦交渉のために来たなんて嘘ね。あなたは私達に復讐したいのよ。自分の一族を追い落とした陛下とルヴォー家に。だからあんな、国としての息の根を止めるような休戦の条件を提示してきたのだわ！」

「どう思われようと、あれが我が王の希望だ」

「そこにこちらの事情をどう反映させるかを話し合うのが今回の協議の目的のはず。やはり外交使節を替えてやり直すしかありませんね。最初から一歩も譲る気のない相手とは、交渉など望めませんから」

「使節を替えて？」

言葉尻を捉えたシルヴィオの返答に、ベアトリーチェは青ざめた顔でニッと笑った。そしてその後ろにいるルヴォー家の者達に声をかける。

「まぁ大伯父様。他の皆様も。なぜそんなところに？　今までさんざん私から恩恵を受けておきながら、薄情なこと」

扇を揺らしながら、彼女は思わせぶりに言った。

「その男を信じてはなりませんよ。そこのシルヴィオは密かに五年前の惨劇を調査させ、関わった人間を詳細に把握しているんですからね。許すふりで味方につけ、私や陛下を追い落とした後であなた方に復讐する腹づもりにちがいありません。甘言に乗せられて、なんてバカな人達……！」

高々と笑う王妃の声に、ルヴォー家の者達が息を呑む気配がする。

「――――」

シルヴィオはだまってベアトリーチェを見据えた。

すると彼女は扇を閉じて、こちらの背後にいるひとりを指す。

「私も教えてあげるわ、シルヴィオ。そこのメルレーン卿は、暴徒を引き連れてフォンタナ家の親族の屋敷に押し入り、家人を皆殺しにした上で美術品を根こそぎ強奪した人間よ」

そしてまた別の人間を指す。

「そこのロンギル卿は、あなたの家への放火を指示した張本人よ！　……さぁ、どうする？　父親を焼き殺した人間をずっと探してたんでしょう？　今この瞬間、味方につけておくために適当な言葉でごまかす？　それともきちんと本音を打ち明ける？　顔を見るだけでも反吐が出るわ、このブタ野郎って」

「お姉様……！」

アハハハ！　とひとりで笑う姉に、アイディーリアは強く抗議した。

「お姉様がシルヴィオと和解しないのは、お姉様の自由です。ですが他の者達の選択までこき下ろす権利はありません！」

「互いに不都合な真実を教えてやってるだけよ。哀れで愚かなルヴォー家の者達！　自分達のしたことが許されるなど、どうのんきな思考を持てば信じられるのかしら？　一族に背を向けて敵の女を愛するような御曹司だから、自分の出世のためなら何もかも水に流すだろうと期待したの？　そんな虫のいい話、あるわけないじゃない！」

「御託はいい。捕らえたフォンタナ家の者達を即刻解放しろ」

「いいえ」

ベアトリーチェははっきりと首を振る。

「この国で、彼らは罪人です。罪人を捕らえて処刑するのに、異国の人間の意見は聞きません」

シルヴィオが低くつぶやいた。

「何が望みだ？」

問いに答えるように、ベアトリーチェは窓辺に置いたグラスに赤ワインを注ぐ。

杯いっぱいに満たしたグラスを持ち上げ、彼女は艶然とほほ笑んだ。

「一族の者を見殺しにしたくなければ、これを飲み干しなさい」

「毒入りか」

「そう。あなたは手込めにした修道女見習いに恨まれ、毒を盛られて死んだと国に伝えるわ」

「いやだと言ったら？」

「あそこを見なさい」

そう言い、彼女は窓にかかっていたレースのカーテンを脇に寄せて、窓ガラスを押し開ける。

三階にある窓から眼下に見えたのは、石畳の敷かれた、日の当たらない中庭だった。

そこではフォンタナ家の者達が五名、ずらりと並んで膝をつかされている。後ろ手に縛られ、足首も拘束された状態だ。

傍らには兵士が立ち、抜き身の剣を首に当てていた。命令があれば即座に斬れる構えである。

アイディーリアは姉のもとへ走り寄り、その腕にすがりついた。

「お姉様、もうこれ以上、罪を重ねないでください！」

この上さらにフォンタナ家の生き残りを人質に取るなど、常軌を逸している。

姉の腕をつかみ、強く訴えた。

「受け入れてください。わたし達は負けたんです！」

「だまりなさい！」

「どれだけ殺しても、罪も敗北も消せません！」

「あんたっていっつもそう！　何の責任もない気楽な立場で主張ばっかり！　いい身分ね！」

ベアトリーチェは力任せに妹を押しのけた。

たたらを踏んで転びそうになったアイディーリアを、シルヴィオが受け止める。

「もういい」

彼はアイディーリアを下がらせ、窓辺に置かれたワイングラスに近づいた。

「潔く散りなさい。そうすれば他の者は助けてあげる」

うそぶく王妃の前で、シルヴィオはグラスを手に取る。

彼女は力を込めて命じた。

「さぁ、ひと息にあおりなさい！」

しかし次の瞬間、彼は「断る」と短く言い、グラスの中身をベアトリーチェにぶちまけた。そして悲鳴を上げる彼女の隙をついて細い身体を抱き上げるや、足首をつかんで窓から逆さ吊りにする。

あたりにはふたたび、王妃のけたたましい悲鳴が響いた。

「シルヴィオ……っ」

アイディーリアは口元を手で覆う。

ここは三階である。頭から落ちれば、もちろん命はない。

顔にかかるドレスのスカートの中でもがく王妃に向け、彼は横柄に告げた。

「やり方が荒っぽいのは勘弁してくれ。野卑な軍人なんでな」

さらに眼下の中庭にいる兵士達に向け、鋭く命じる。

「この手を放されたくなければ、即刻人質を解放しろ！」

戦場で檄を飛ばす将の声は、中庭の隅々にまで響き渡る。兵士達は目に見えて動揺し、人質の首に当てていた剣を下ろして窓を見上げてきた。

「おのれ、よくも……！」

ベアトリーチェはドレスのスカートの中で、感情にまかせてわめき散らす。

「殺せ！　この男を殺せ！　殺せぇ！」

石造りの城の中庭に、今度は甲高い女の絶叫が反響した。

しかし兵士達にとっては、異国の人間の命よりも、王妃の身の安全のほうが重要である。

隊長らしきひとりが地上で叫んだ。

「ノエルハイム大公！　王妃様を室内に入れてください！」

「そこにいる者達の解放が先だ！」

きっぱりと応じるシルヴィオの指示を、逆さ吊りにされた王妃がドレスにまみれながら否定する。

「放してはダメよ！　放したら仕返しに来るわ！　殺しなさい……！」

その時、すっかり忘れ去られていた国王が、王妃の声に立ち上がった。

「殺して！　みんな殺しなさい――」

兵士達に命じていたベアトリーチェの声が、そこで途切れる。

身体を支えるもののなくなった彼女は、ドレスをなびかせて落ちていった。中庭の兵士達が悲鳴を上げる。

アイディーリアもまた、目にしたものの衝撃に小さく叫んだ。

すなわち――シルヴィオの身体に体当たりをした国王の姿に。

「シルヴィオ……？」

彼は何とか窓から落ちずに踏みとどまったものの――国王の手には、小さなナイフがにぎられていた。

国王が手を放すと、ナイフは軽い音を立てて床に落ちる。

シルヴィオの背中に、みるみるうちに血の染みが広がっていった。

「シルヴィオ!!」

今度こそ大きな悲鳴を発して彼に駆け寄った。

ルヴォー家の人間が慌ててドアを開く。

「医者を呼べ！」

外でバタバタと人の動く気配がした後、様子をうかがっていたらしい兵士達がなだれ込んできた。

皆の目の前で、国王はぺたんと床に座り込む。

「余を殺しに来たのだ……殺しに……」

シルヴィオは自分の手で傷口をさわり、指先についた血を見て舌打ちをした。虚空に向けてブツブツ言う王に向けてあごをしゃくり、兵士達へ指示する。

「見ての通り国王陛下はご乱心だ。寝所にお連れして見張りをつけよ」

「シルヴィオ、話してはダメ。そこに座って、楽にして……っ」

アイディーリアはふるえる手で傷口を押さえ、彼をソファに座らせた。

「大丈夫だ。落ち着け」

そう言って頭をなでてくる大きな手の中で、くり返し首を振る。

「どうしよう、こんなに血が……っ、どうすればいいの……っ」

「落ち着け。傷は浅い。どうということはない」

「シルヴィオ、死なないで……！」

恐ろしさのあまり、がくがくと身体がふるえる。

生まれてからこれまで、これほど恐怖を感じたことはない。

そんなアイディーリアを、彼はなだめるように、ゆったりと抱擁してきた。

「しー。大丈夫だ。俺を信じろ」

ふるえの治まらない身体を、彼は力強く抱きしめてくる。

アイディーリアの目から涙があふれてこぼれた。

頬に当たる鼓動を確かめようと顔を押しつける。

ぬくもりが失われないようにと、両腕をまわして身体を温める。

「死なないで……!!」

しゃくり上げながら、うわごとのようにくり返すと、彼は深く抱きしめ、子供にするように背中をなでてきた。

「おまえを置いて死ぬはずがない。死ぬときは一緒だ。そうだろう?」

「――――ええ……、ええ……っ」

力を失わない声に元気づけられ、何度も首肯しているうち、少しずつ落ち着いてくる。

その時、呼ばれた医者が駆けつけてきた。その場で応急処置を受けながら、シルヴィオは居並ぶルヴォー家の者達を見渡して言う。

「先ほど王妃が言った通りだ。俺は、五年前のことを何事もなかったかのように許すつもりはない。だが、それは同じだけの報復をしたいという意味ではない」

「……では、どういう意味なのでしょうか」

進み出てきた者の問いに、彼は痛みに顔をしかめてうめきつつ応じた。

「名誉に懸けて、ここに約束する。これより先、俺に味方する者には次の国王の名において恩赦を与える。五年前の事件について、少なくとも死罪は免じると」

「次の国王……？」

「我が主、メディオラム国王の異母弟だ。王弟殿下の母君は、この国の王族の系譜に名を連ねる方。不足はあるまい」

宣告に、その場が静まりかえる。

ようは隣国の使節が、この国の王の首をすげ替えようとしているのだ。傀儡の国王を通じて国を乗っ取ろうというのだろう。

しかしどのような屈辱的な条件であったとしても、拒むことなどできるはずがなかった。

「…………」

ルヴォー家の者達の目が、血だらけのシルヴィオの手に向けられる。

仮にもこちらから申し入れた休戦協定の交渉に来た使節の長を、国王が手にかけようとしたのだ。明らかになれば国の威信に関わる醜聞である。

「――どうする」

低く短い問いに、彼らは次々と、くずおれるようにシルヴィオの前に膝をついていった。

六章　疵を癒やす

ベアトリーチェは、幸いなことに中庭にいた兵士に受け止められ、死を免れた。しかしその際、兵士の防具の留め金が彼女の顔を裂き、一生消えない大きな傷を負ったらしい。その後、国王共々地方の城に見張りつきで幽閉されることになったため、顔を見せるような相手もそうそういなくなるだろう、というのはシルヴィオの言だ。

そういう彼は、一日も経たないうちに起きて仕事をするまでに回復した。普段ほとんど運動をしない国王は非力な上、刃物の持ち方すらろくに知らなかったため、深い傷にはならなかったようだ。

むしろ刺されたことが屈辱だと、シルヴィオは己の不注意を呪っていた。

アイディーリアとしては、しばらく安静にしてほしかったが、そうもいかないようだ。

シルヴィオは、ルヴォー家への大きな貸しを最大限活用し、一滴も血を流すことなくメディオラムの王弟をこの国の王に据えてみせた。その功を認められ、新しい国王の補佐としてこの国にしばらく留まることになったのだ。

彼がひそかに打ち明けたところによると、メディオラムの王は初めからそれを画策していたという。とはいえ大きな反発が予想されるため、段階を踏んで実現させるはずだったが、シルヴィオはそんな状況を魔法のように覆してしまったのだ。

メディオラムの王は大変喜び、彼に多くの報奨を用意しているという。とはいえ、隣国から新しい国王を迎えるにあたっての準備を一手にまかされ、しばらくは大忙しだった。

彼の負担を少しでも減らそうと、アイディーリアも王宮に留まり、できることを手伝っている。

「シルヴィオ！　またベッドから出たりして。傷が開いたらどうするの？」

部屋に入っていくと、彼は部屋着姿で机に浅く腰かけ、書類に目を通していた。

「勘弁してくれ。そもそも寝込むような傷じゃないんだ。過保護にされすぎていると、俺は部下達の笑いものになってるんだぞ」

「ですがお医者様はまだ寝ている必要があると――」

「医者はいつだって大げさに言うんだ。野放しにして万一のことがあっては困るからな。……それより何か用か？」

けろりと問われ、アイディーリアはため息をつく。

しかし月白色の瞳に促され、抱えてきた書類を渡した。

「即位式に出席する貴族達の名簿です。こちらが式典の分、こちらが祝賀会の分」

「ありがとう。祝賀会で新国王がひと声かけたほうがいい貴族に印をつけてもらえるか？」

「それでしたら……新しい名簿を作ります」

「必要か？」

「この名簿はあくまで家格と肩書きの順に並べたものですから」

「上にいるからといって、重要人物とは限らないと？」

「はい。陛下がお声がけなさるのでしたら、身分だけでなく実質的な立場も重要になってくると思いますので……」

「わかった。今後の国政を担っていく上で重要になる者の名簿を改めて作ってくれ」

「はい……」

事務的なやり取りの後、立ち去りかけてから、アイディーリアは足を止めてふり返る。

「……あの……っ」

呼びかけたものの、冷静な彼の目と視線がぶつかると、言葉が出てこなくなった。

姉が起こした騒動の後、アイディーリアは王宮の中に自分の部屋を与えられた。

シルヴィオが仕事で忙殺されているため、このところ二人きりになる時間はほとんどなくなった。

そして二人でいるときは、どこかぎこちない。以前のように、何をしていても目が合ったとたんに燃え始める情熱は消えてしまった。

恋人として求められる時間は終わったということだろう。

その証拠に昨日、もし修道院に戻りたければ手配するとも言われた。メディオラムの修道会でよければ、頼む当てがあると。

それは非常にありがたい申し出だった。こちらからも、いずれ頼みたいと思っていたことだったから。

「——……」

自分でも何が言いたいのかわからないまま見つめていると、シルヴィオは断ち切るように視線を逸らす。

「まだ何か？」

「……いえ」

アイディーリアは沈黙を埋めるように言う。

「その……名簿の作成には宮廷の儀典官であるルメージュ伯にお力添えをいただきました。ルメージュ伯は国内のあらゆる貴族について詳細に把握されていますので……」

「……そうか。次に会ったら礼を言おう」

静かに頭を下げて、アイディーリアは彼の部屋を後にした。作業に使っている部屋に赴き、改めて儀典官に相談しつつ新しい名簿を作成する。

作業には三時間ほど要した。

完成した書類を手にシルヴィオの部屋に戻り、居間へと続く控えの間に入ったところで、向こうから複数の人間の声が聞こえてくる。

どうやら客が来ているようだ。

控えの間と居間とを仕切る扉は、完全に閉まっていなかったため、会話の内容が少しだけ漏れ聞こえてきた。

「そろそろ身を固めることを考えたほうがいい」

「新国王の補佐は重責がともなうだろう。支える女性がいたほうが――」

会話の内容に息を呑む。

どうやら誰かがシルヴィオに縁談を持ちかけているようだ。

（――……）

盗み聞きはいけないとわかっていながら、その場から足が動かなかった。

シルヴィオは何と答えるのだろう？

息を殺してうかがっていると、彼の声が穏やかに返す。

「俺は誰とも結婚するつもりはない」

「…………」

アイディーリアは榛色の瞳をしばたたかせた。

（誰とも結婚しない——？）

なぜ、という思いと同時に喜びがこみ上げた。

彼は誰とも結婚しない——誰のものにもならない。

身の内を駆け抜ける浅ましい歓喜を必死に抑えた。そんなふうに考えてはいけない。

（自分のものにならないからといって、なんて利己的な……）

心の奥底にある欲求を思いがけず自覚してしまい、恥じ入るしかない。

とても平静な状態で彼と会うことができなくなったアイディーリアは、書類を手にしたまま、逃げるように部屋を出た。

⚜　⚜　⚜

シルヴィオはルヴォー家の主だった者達を要職から追放し、厳しい五年間を生き延びたフォンタナ家の親戚達を、その後釜に据えていった。

新たな国王のもと、一族の再興を目指し精力的に手を打っていく。

そんな中、フォンタナ家から次々に縁談が持ち込まれるのは、シルヴィオの意識をアイディーリアから引き離そうとしてのことだろう。

このところ彼女と距離を置いて接していることから、別れたという噂が流れているようだ。

(こちらの事情を知りもせず……！)

イライラとした気分で親戚を見送ったところへ、ロベールがやってきた。

今日の部隊業務について報告をしに来たのだ。

現在彼はシルヴィオに替わって隊をまとめる仕事をしている。

報告を終えた後、ロベールは「そういえば……」と、さもついでのように切り出してきた。

「先ほどアイディーリア様を見かけましたよ。どうやら泣いていたようでしたが……」

「――――」

一瞬自制を失いそうになったシルヴィオは、そんな自分を落ち着ける。

動揺なんかしていないと示すように、あえてのんびりと書類をめくった。

「……どうせまた担いでいるんだろう？」

「嘘じゃありませんよ。何でも誰かに暴言を吐かれて傷ついたようで……」

(こいつ……！)

シルヴィオは心の中で、涼しい顔をしている部下の襟首を締め上げる。

嘘か本当か、微妙なところだった。

もし本当ならとてもじっとしていられない。今すぐ飛んでいって慰め、相手の男にはよくよく思い知らせてやらなければ気がすまない。

だがしかし——ここで我を失い、泡を食って出て行っては相手の思うつぼだ。

もしかしたらただのデタラメで、部下達のイタズラという可能性もある。話を聞いて、シルヴィオが執務室から飛び出していくかどうか、賭けの対象にでもしているのだろう。

内心を見すかすように、ロベールは涼しい顔でうそぶいた。

「嘘だと思うなら、庭園のニンフ像の噴水近くにあるベンチに行ってみればどうですか？　俺が見たときはそこにいましたから」

具体的な情報を出され、反射的に腰を浮かす。

と、相手と目が合った。性悪な部下は、フフンと薄く笑う。

「やはり、信じてくださると思ってました」

「……そんなはずがない。だまされんぞ」

よく考えて、シルヴィオは腰を下ろした。

昔は自分もよく、こういう賭けに上官を使ったものだ。不道徳ながら、戦場では数少ない娯楽でもあるため、上官も目をつぶるもの。ようはだまされなければいいのだ。

（賭けになど乗るものか）

別れたと噂されているとはいえ、シルヴィオの恋人と目されていたアイディーリアに、暴言を吐くような輩がいるものか。きっと眉唾に決まっている。

隠れてひとりで泣いているなど、そんなこと……。

結局悶々と悩んでいる上官に向け、ロベールはひとつ息をついた。

「わかりました。白状します。誰か、というのは曖昧でした。正確にはフォンタナ家の者です」

「なんだと？」

「詳細はわかりませんが、見ていた者によると、この部屋にフォンタナ家の者達が入って行った後、しばらくして入室した彼女が、隣の続き部屋から泣いて出てきたそうです。よって暴言をはかれたのではないかと推察した次第」

「――――」

シルヴィオは音を立てて椅子を蹴倒し、体当たりするようにドアを開けるや、廊下に飛び出していく。

「……もうひとつ白状すると、泣いてたように見えるほどうつむいていたってだけだが……まぁいいか」

ロベールはそうつぶやき、早くも王宮の一階から出てきて庭園に向けて走って行く上官の姿を、ニヤニヤと笑みを浮かべて見守った。

⚜　⚜　⚜

アイディーリアはうつむいてベンチに座っていた。

シルヴィオの部屋を出た時から、深くうなだれたまま。なかなか顔を上げることができない。

王宮の庭園の一画、中央にニンフ像のある噴水近くに置かれたベンチである。周囲を木陰に囲まれているため、人目を避けることができる。

そこでアイディーリアは、ひとり静かに落ち込んでいた。

シルヴィオの「誰とも結婚するつもりはない」という言葉に喜んでしまった自己嫌悪は、それほどに深い。

自分にはそんなふうに考える資格などないというのに。

（わたしだって……誰とも結婚なんかできないんだもの……）

他の男性はもちろん、シルヴィオとも一緒にはなれない。

だから本当なら彼の結婚を喜び、幸せになることを祈らなければならないはずなのに。

（本当にいやだわ。わたし……ホッとしているなんて……）

「はぁ……」

やるせない気分でため息をつき、両手で顔を覆ってうずくまる。

その時、ふいに律動的な足音が近づいてきた。

颯爽と歩く、あの足音は……。

「アイディーリア！」

やってきたのは、案の定シルヴィオだった。

彼はアイディーリアを見るや、目の前に膝をつき、両手をつかんで引き寄せるようにして顔をのぞきこんでくる。

「どうした⁉　誰に泣かされた？　言え！」

「……はい？」

泣かされたとは、何のことか。

そもそも泣いてはいない。ただ落ち込んでいただけだ。

きょとんとするアイディーリアの反応を受け、彼は苦々しくため息をついた。そしてどこへともなくブツブツとつぶやく。

「どうせこんなことだろうと思っていた。あぁ、俺はわかっていたとも……！」

「どうかなさったのですか？」

「いや、例によって冗談好きな部下に遊ばれた」

仏頂面で答える相手に、小さく笑う。

「大事な上官を、少し休ませようとしたのではありませんか？　このところずっと働きづめだったから……」

「そんな親切なやつらなものか」

苦々しげに吐き捨てたシルヴィオは、ベンチの空いている場所に腰を下ろしながら、ふと思いついたようにあたりを見まわした。

「昔、よくこういう場所で会ったな。公園や、教会の……人目を避けることのできるベンチで、つかの間恋をささやき合った」

「ええ。いつも時間が限られていて……、早く別れなければならないことが、つらくてたまりませんでした」

「俺もだ」

あの頃、将来は絶対、シルヴィオと結婚すると決めていた。それ以外の未来など、考えたこともなかった。

（なのに今は——）

隣りにいて、誰も邪魔する者がいないというのに、目を合わせることもできない。

障害がなくなった時には、恋人同士でなくなってしまったとは皮肉なものだ。

「これからどうするか、決めたのか？」

シルヴィオが訊ねてくる。アイディーリアは自分の膝を見つめ、静かに答えた。

「……もうしばらく、考えさせてください」

「何を迷っているのか訊いてもいいか？」

「え？」

「迷うというのは、つまり……俗世に留まることに関心があるということなのだろうか？」

「宮廷には興味がありません。ですが……」

そこには、シルヴィオがいるから。

だから離れがたいと感じてしまうのだ。次に修道院の門をくぐれば、今度こそ二度と会えなくなってしまうだろう。そう考えると、答えを出すのをついつい先のばしにしてしまう……。

どう答えようか悩みつつ顔を上げれば、シルヴィオがこちらを見つめていた。

食い入るような目線に射られ、ついつい緊張してしまう。

「……思いがけずあなたの傍で仕事をすることになり……、それは楽しいと感じています……。その……あなたの役に立てることがうれしくて……」

訥々とした回答に、シルヴィオは何かに耐えるようにこぶしをにぎりしめた。

「……そういうことを言わないでくれ」

「なぜ？」

「俺の理性を試さないでほしい」

「理性？」

意味がわからない。

自分から距離を置いておきながら——あと少ししか一緒にいられる時間はないというのに、以前よりも儀礼的に接し、二人きりになるのを避ける様子すら見せておきながら。

傍にいるのが楽しいと言っただけで、理性が試されるとはどういうことか……。

「あなたこそ、変なことを言わないでください」

千々に乱れる心のままに腰を上げ、立ち去ろうとすると、手首をつかまれた。

逃がすものかとばかり強い力が込められる。

「何が悪い？　俺の気持ちは知っているだろう？」

「……気持ち？」

「わからないとは言わせないぞ。俺の気持ちは、初めて会った時から変わらないんだからな」

「やめて……っ」

もうこれ以上、惑わさないで。彼のひと言ひと言に、アイディーリアはいともたやすく翻弄されてしまうのだから。

せっかくの決心が揺らいでしまいそうになり、アイディーリアは手をつかむ力に抗った。

「誰とも結婚するつもりがないくせに……っ」

「あれを聞いていたのか？　誤解だ――」

「放してください……っ」

「聞け、アイディーリア……」

「放して！」


「結婚するつもりがないというのは、おまえ以外とは、という意味だ！」


「――……」

目を瞠るアイディーリアに、シルヴィオはうなずいた。

「俺が結婚するとしたら、相手はおまえだけだ」

重ねて言い、まっすぐ、ひたむきに見つめてくる。痛みを孕んだ、苦しげな眼差しで。

「だが、俺は――自分の勝手でおまえを辱め、名誉を穢した。おまえを信じ切ることができず、暴力的に抱いたこともある。それについて許されるべきでないと思う」

つかんでいた手を放し、彼は天を仰ぐ。

「自分で自分の罰し方がわからない」

「やめてください」

アイディーリアはあわてて首を振った。

「罰するだなんて……そんな必要はありません」

「だがおまえは……俺に弄ばれている間、ずっと心を開かなかった。最初は姉に従属しているからかと思ったが、ちがうだろう？　……おそらく俺は、おまえをひどく傷つけた。そのせいだろう？」

「ちがいます……」

「何がちがう？」

「わたしは……あれは、自分への罰だと思っていました……から……」

「罰？」

意味がわからないと言いたげに、彼はオウム返しに問う。

アイディーリアはしごくまじめにうなずいた。

「姉からあなたのもとへ行くことを求められた時、応じたのは、脅迫に屈したからというだけではありません。最終的には自分で望んだのです」

苦しみが待ち受けていると感じたからこそ、あえてその道を進んだ。

平穏な日常よりも、苦難を求めた。

「わたしこそ、五年前からずっと自分で自分を許すことができませんでした。ですからあなたに憎まれ、苦しみたかった」

「……なんだと？」

「わたしは罰を受ける必要がありました。どんなに必死に罪を償ったところで、あなたのご両親は戻ってこないのですから……！」

湧きだした後悔に感情が昂ぶった瞬間、言葉よりも先に涙があふれ出てくる。

シルヴィオが、ひどくあわてたように手をのばしてきた。

「アイディーリア……っ」

「優しいお母様でした。わたしのことを、すぐに受け入れて、目をかけてくださって……。それなのにわたしは、あの方を死に追いやる企みに荷担してしまった……っ」

「アイディーリア！　よせ！」

彼は思わずといったていで抱きしめてくる。しかしアイディーリアの告白は止まらない。

「五年前、あなたも死んでしまったと思い、わたしは一生償いを続けると決めました」

一生、人並みの幸せなど望まない。

残酷に、理不尽に命を奪われ、幸せな死を迎えることのできなかった、シルヴィオやフォンタナ家の人々を弔って生き続ける——それが贖罪だと決めたのだ。

「わたしは、幸せになどなってはいけないのです……っ」

「やめろと言ってる！」

激しい怒声が、自責の言葉を遮った。

「よせ。そんなふうに考えるな」

落ち着かせるように、大きな手が背中をなでてくる。ゆっくりとなでられるうち、激していた気持ちが落ち着いてくる。

しばらくして彼が切り出してきた。

「嫡子でありながら生き残った俺には、やるべき事がある。ルヴォー家と和解し、フォンタナ家を復興させるという使命が。——そう考えるようになったのは最近のことだ」

「シルヴィオ……」

最初は復讐の念に燃えていた、と彼は言った。

そもそもの目的である休戦協定が成った後、じわじわと少しずつ、ルヴォー家を破滅へと追い詰めていくつもりでいたと。

「だがおまえと過ごすうちに考えを変えた。復讐よりも、前に進みたいと考えるようになった。おまえと一緒になり、きちんと幸せにして、俺自身も幸せになりたいと……。だが一方で、仇であるルヴォー家の娘と添い遂げるのは、五年前の惨事で失われた親戚に対しての裏切りではないかという罪の意識も、常に頭のどこかにあった」

「シルヴィオ……」

身を引こうとするアイディーリアを、彼はぎゅっと腕の中に閉じ込める。

「フォンタナ家の生き残りが多数いると聞いた時――他でもないおまえが彼らを救ったと知った時、俺がどれだけうれしかったかわかるか？」

「――……」

「これで迷いなくその道を進めると思った。復讐を捨てることは、フォンタナ家の跡取りとして、決してまちがいではないと確信が持てた」

感極まったような熱いささやきが、アイディーリアの耳朶にふれた。

「おまえはその行いで、俺の心を救ったんだ」

「……本当に？」

頼りなく問うと、「あぁ」と力強い声が応じる。

「ひとり助かってしまったという罪の意識から、おまえが救ってくれた。アイディーリア」

感極まったようにささやき、彼はようやく少し腕の力を抜いた。

身を離して見つめ合う。

大好きな月白色の瞳は、痛ましげにこちらを見下ろしていた。

「あの事件で傷ついたのは、フォンタナ家の人間だけじゃなかったんだな。おまえまで、こんなにも傷ついていたなんて……」

「わたしは傷ついてなんか——」

「傷ついている。痛みのあまり自分を責めすぎて、未来を歪めてしまっている」

「そうかしら……？」

「そろそろおまえ自身を許してやってくれ」

「……あなたと一緒に……生きてもいいの……？」

そのように幸せな人生を送ることが、本当に、自分に許されるのだろうか？

不安に瞳を揺らすアイディーリアに、彼はそっと口づけてきた。

「生きている限り、俺達は先に進まなければならない。そう思わせてくれたのはおまえだ」

「——」

こちらの返事を待たず、シルヴィオはふたたびキスをする。

くちびるがふれるだけの軽いキスだ。

涙混じりに見つめ、哀しみをふくんだほほ笑みを向けてくる。

アイディーリアと共に、先に進んでみたいと、その眼差しが伝えてくる。

（それなら……）

今度はアイディーリアから彼にキスをした。

自分が前を向くことが、彼のためにもなるというのなら——勇気を出せる気がする。

くちびるを重ねて、アイディーリアはその気持ちを伝えた。

想いを込めて月白色の瞳を見つめ、ついばむように、男らしいくちびるに口づける。

それは思っていたよりもずっと恥ずかしく、緊張をともなうものだった。

「…………………」

頬を染め、吐息をふるわせてのアイディーリアのキスは、彼の情熱に火をつけたようだ。

「――――……っ」

言葉もなく、彼は激しくくちびるを奪ってきた。

「ん……っ」

身の内からこみ上げる希求にくちびるを開けば、待ち構えていたかのように、熱くぬれた感触が忍び込んでくる。

熱い舌が口腔をかきまわし、迎えに出たアイディーリアの舌を情熱的に捕らえてくる。

それはそのまま二匹の蛇のように絡み合った。

甘く舐られ、扱くように吸われてゾクゾクと背筋が粟立つ。腰の奥を疼かせる快感と息苦しさに涙が浮かんだ。

官能を伝え合うように、互いに背中に腕をまわし、なまめかしくまさぐり合う。

厚みのある逞しい胸に押しつけた自分の胸から、忙しない彼の鼓動が響いてきた。

「はぁ……っ」

口づけの合間に、色っぽい息を漏らしたアイディーリアから離れたシルヴィオは、しばし見つめ合った後、その場で抱き上げてくる。

「確かに仕事をしている場合ではなくなった。今日は休むことにしよう」

「え……？」

彼の首に手をまわしてつかまっていたアイディーリアは、含みのあるその宣言にドキリとした。

シルヴィオは人を運んでいるとは思えない軽快な足取りで王宮の中に入っていく。途中、居合わせた人々に見られたが、彼は構う様子もなく自室へと進んでいった。

おまけにその間も月白色の瞳にじぃっと見つめられ続け、ますますドキドキしてしまう。

「ま、前を見て。シルヴィオ……」

「心配するな。この王宮の中なら目をつぶっても歩ける」

「でも……」

「人目がなければキスをしたいところなのを我慢しているんだ。見つめるくらい許せ」

優しくぼやく言葉に、アイディーリアの口元がほころんだ。

「言ってくれればいいのに――」

そして彼の頬にすばやくキスをする。と、彼は息を詰めてうめいた。

「やめろ。そんなことをされたら部屋まで我慢できなくなる……っ」

言葉通り足を速めた彼は、自室にたどり着くと、まっすぐ寝室に向かった。アイディーリアを寝台に下ろし、ふたたび濃密なキスになだれ込む。

「……ん……ぅ、……っ」

無骨な手が腰を優しくなでてくる。それだけでぞくぞくと背筋がわななき、くぐもった声がもれた。

深いキスをしながら互いの服を脱がせ合う。

まだ昼間で、寝室の中も明るいという事実は、さしたる障害にならなかった。それよりも早くひとつになりたいという希求のほうがはるかに大きい——互いにそう思っていることが、キスを通して伝わってくる。

脱ぎ散らかした衣服の中、二人は生まれたままの姿になってからもキスを続けた。

じっくりと舌を吸いながら、くちびるを食み合い、互いの淫欲をかき立てていく。

いくら口づけを交わしても満足することのない渇望を感じながら、息を乱して見つめ合う。

シルヴィオが、情熱にかすれた声でささやいた。

「……愛している。初めて会った時から変わらずに愛している——」

「わたしも。死んでしまったと思っていた間も、気持ちは変わらなかったわ。ずっとあなたのことだけを想っていた」

「アイディーリア……」

「ずっと、あなたのことが好きだった……」

あふれる気持ちに喘ぐように細い声で応じると、背中にまわされていた彼の手が、火照った肌を悩ましく滑り下りていく。

うねるようにぞくぞくと這い上がる愉悦に、胸の頂がツンと尖っていった。

と、それに気づいた彼は、豊かなふくらみを手で覆ってくる。

「あっ……」

たっぷりとした柔肉を手のひらで押しまわされるたび、硬く勃ち上がった先端が擦れ、ジン……と疼くもどかしい感覚に、吐息をこぼして身をよじった。

「……ぁ、……ふ……っ」

「もっと声を聞かせてくれ」

ささやくシルヴィオが、首筋にキスを落としながら、両の赤い突起を指先でつまみ、くりくりと転がす。

ぷっくり勃ち上がった乳首を、指先でかりかり引っかかれると、勝手に肩がひくひくふるえ、むずがゆい愉悦に腰がうねった。

「ぁ、ぁぁ……ン……！」

媚びるような、甘えた声に彼はぺろりとくちびるを舐める。

「もっと出せるだろう？」

促すような言と共に、疼ききっていた乳首をきゅぅっと引っ張られ、生じた恍惚にびくっと身もだえる。

「あぁぁ……っ」

彼はさらに、ふるんっと弾んだ乳房をつかむと突起に吸いついてきた。

ぬるついた口の中にふくまれ、悩ましいため息をつくアイディーリアを上目遣いに見つめながら、彼は赤く凝った粒をねっとりと入念に舐め転がす。やわらかく吸い上げ、うにうにと舌先で押しつぶしては、また吸引することを執拗にくり返す。

「やぁっ、あっ、……はぁっ、あぁン……っ」

肉厚な舌で、何度も何度もじっくり舐められ、いよいよ腰が浮きそうになった。

硬く尖った感触を愉しむかのように舌の上で転がされた末、ちゅうちゅうと音を立てて吸われ、ぞくぞくと響く愉悦に背筋がしなる。

「やぁぁっ、それ……だめっ、……だめぇ……っ」

はしたなく胸を突き出し、ダメと言ったとたんに軽く歯を立てられ、さらに強い性感が走った。

「あぁ、ぁあン……！」

「いいぞ。腰にくる、かわいい声だ」

胸をしゃぶりながら、彼の手は先ほどからお尻を揉みしだいている。

アイディーリアは敷布をにぎりしめ、早くも汗ばんだ肢体をくねらせて淫猥な愛撫に酔いしれた。

「シルヴィオ……」

涙にぬれた瞳で見つめ、ねだるように呼びかける。

恥ずかしいほど身もだえるアイディーリアは、自分の脚の付け根が蕩けていることを感じていた。

だが彼は——いじってほしい場所を心得ているだろうに、焦らすように内腿へと手をすべらせてくる。決して脚の付け根には近づかず、やわらかく繊細な肌を、皮膚の硬い手で円を描くようになでまわす。ざらざらとした手のひらに柔肌を擦られ、その部分が甘くさざめき立った。

「はぁン……っ」

「気持ちよさそうだな」

「ん……。でも……」

望みを口にするのがはばかられ、アイディーリアは内股で遊んでいた彼の手を取り、そっと秘処へと導く。

「ここも……さわってほしいの……」

榛色の瞳を伏せ、耳まで朱色に染めながらの懇願に、ごくりとシルヴィオの喉が鳴った。

「ここって——ここのことか？」

長い指が淫唇の襞を一枚一枚なぞり上げ、くちゅくちゅと淫らな音を立てる。

腰の奥がじくじくと疼き、悩ましい熱に火照った身体をひくつかせる。

「……ぁ……、あっ……あっ……」

「それとも、こっちか？」

身をよじった瞬間、雌しべを指先でくりっとつままれ、ビクッと腰を波打たせた。

「ふぁっ……！」

「こんなに硬くして。悪い子だな」

その言葉に目をやれば、確かにぬれぬれと開いた莢の中で、赤い真珠が芯を持って勃ち上がっている。

はち切れそうなほど膨らんだ真珠を、ぬるぬると指の腹で揺さぶられると、あふれ出す恍惚にお腹の奥がずくずくと疼き、ひとりでに腰がうねってしまう。

「やっ、んっ、んっ、はぁ……っ」

熱く深い快感がその部分に集中し、焦げるほどの刺激となって苛んでくる。

「達けるなら達ってしまえ」

長い指は、心得たふれ方で淫らな真珠をぬりゅぬりゅと転がし続けた。

「はいっ、シルヴィオ……ぁっ、いいっ、気持ち、いい……ぃ、ぁっ、あぁぁっ……！」

もたらされる歓喜はどんどん膨らんでいき、アイディーリアはのけ反って淫靡な快楽のうねりに溺れる。

煮詰めた愉悦の沼に下肢を浸したかのような、くるおしい苦悶がしばらく続いた後――つま先までびりびり響く歓喜と共に、アイディーリアは頂まで昇り詰めた。

「んっ、あっ、……あっぁぁぁ……！」

びくびくと引きつった末に力を失った膝が、ふいに彼につかまれる。

そのままぐいっと左右に開かれ、涙にぬれた瞳をハッと開いた。

「あ、待って……っ」

「達ったばかりの花弁を、奥までよく見せてくれ」

アイディーリアの羞恥を煽るように言い、シルヴィオはぬれそぼった茂みを指先でかきわけると、淫唇を左右にくつろげてくる。

蜜にぬれて光る薔薇色の花弁に、彼はじっと見入ってきた。

「何度も散らしているというのに美しいままだ……」

「やぁ……っ」

息を詰め、ふるふると羞恥にふるえるアイディーリアに、彼はうっそりと笑った。

「敷布まで蜜がこぼれているぞ。中までいじってやらないとな」

「ふぁ、……ぁ……っ」

長い指が二本、ぬちゅりと蜜口に埋め込まれてくる。ぬぶぬぶと媚肉をかきわけて沈んできた指は、ぐちゅぐちゅと円を描くようにして、感じやすい場所を刺激してくる。

手のひらで花弁を包み込み、浅い部分の天井部を、重ねた指の腹で入念に擦られるだけで、痺れるような愉悦が湧き上がり、下腹の奥がきゅうきゅう疼いてしまった。

「あっ……、あっ……、だめぇっ……」

びくびくと背中をしならせ、すすり泣いて訴える。

淫唇からは新たな蜜があふれ、媚肉は浅い場所にある指を、もどかしげに引き込もうとする。

「シルヴィオ、も……もう……」

「なんだ？」

「……焦らさないで……。お願い……」

涙にうるんだ目で見つめ、胸をもみくちゃにしていた大きな手に自分の手を重ねると、彼は指を絡めて手のひらを合わせてきた。

それがうれしくて、もう片方の手も同じようにする。

見つめ合ったまま、両手をつないで彼を見上げる。

「シルヴィオ……」

呼びかけに、彼はくちびるを重ねて応じた。

甘い口づけを何度も交わし、互いに舌を絡め合う。

ふるえがくるほどの官能の合間に、下肢に彼の欲望が押しつけられるのを感じた。血管を浮き立たせ、今にも弾けそうなほど漲っている。

花弁に押し当てられ、ずりゅずりゅと前後させられたそれは、火傷しそうなほどに熱かった。

「あ……」

「アイディーリア……」

焦がれるように名前を呼ばれれば、それだけで下腹の奥が甘く疼く。

うるんだ視線を交わしながら、はしたなくもねだるように腰を揺らすと、彼はようやくぬれそぼった蜜口に怒張を突き立ててきた。

ぐぶりと押し込まれてきた亀頭の大きさに息を詰める。

「はぅ……っ」

気持ちは彼を求めるばかり。

しかし最後の情交から少し間が開いたためか、身体的にはきつかった。おまけに中に押し込まれてくるごとに、これまでになく息苦しい圧迫感を覚えてしまう。

「おお……き……っ」

思わずうめいたアイディーリアに、シルヴィオは気まずそうに返してきた。

「すまん。久しぶりのせいか……こんなになってしまって――」

ゆっくりと腰を押しまわしながら、彼は奥を目指してぐぷぐぷと押し入ってくる。

「……は、……ぅっ……」

お腹が彼のものでぃっぱいになる感覚に、つないだ手に力を込めて、アイディーリアは浅い息をくり返した。

すると彼はふたたびキスをして、慎重に身体をつなげてくる。

口腔に忍び入ってきた舌は、アイディーリアの苦しみを吸い取ろうとするかのように、こちらの舌を淫靡に舐めまわして扱き上げてくる。

「んっ、……ふ……」

頭の芯まで痺れるような口づけにうっとりと応じているうち、硬くて大きなものがぐっぐっと少しずつ沈められてきた。

ややあって根元まで屹立を埋め込められると、ずっしりとした充溢を歓ぶかのように、蜜洞がわななないて絡みつく。

「全部呑み込めたな……」

愉悦を嚙みしめるようにうめき、彼は様子を見るようにずんっと突き上げてくる。

「あぁン……！」

逞しい灼熱の塊に奥を穿たれ、恍惚にきつく背をしならせた。

シルヴィオは精悍な面差しに不敵な笑みを浮かべる。

「存分に味わえ」

そう言うと、ゆったりとした腰遣いで抜き挿しを始める。硬くて太いものが、先端だけ残して引き抜かれたかと思うと、ずぶずぶと淫路を押し広げてくる。

焦らすような抽送は、アイディーリアの官能をじっくりと煮詰めていった。

ぐぶっぐぶっと揺さぶられるたび、腰の奥が熱く熟れて痺れてくる。

たまらない淫悦が身の内で膨れ上がり、息づかいまで蕩けていく。

「はぁっ……、ぁっ……はぁっ、……ぁぁン……っ」

「たまらないな。奥まで、襞のすべてで包み込んでくる――」

「ひぁぁっ……」

感嘆のつぶやきと共に、収縮する蜜洞をずんっと突き上げられ、ひときわ淫らに啼いた。

灼けるような欲望にみっしりと隘路を拡げられ、擦られ、意識が飛びそうなほど感じてしまう。

「はぁぁっ、ぁンっ、あぁっ……!」

全身をびくびくとふるわせ快楽を味わうアイディーリアを責め立てるうち、シルヴィオの息づかいもまた忙しないものになっていく。

「アイディーリア……っ」

上ずる声でうめいた直後、彼は小刻みにふるえる肢体を抱き起こしてきた。

急に体勢が変わったことで、ぐちゅんっと彼の欲望をさらに深く埋め込まれ、のけ反って嬌声を上げる。

「きゃぁぁっ……」

のみならず、慣らすように小さく腰を前後に動かされると、彼の逞しい腹筋で淫核がグリグリと刺激され、飛び上がるほど感じてしまう。

さらに、自重によって硬い切っ先がずくずくと奥に突き刺さり、頭が真っ白になった。

「やぁっ！　動い、ちゃ……やぁっ、……あっ、ぁあっ、ぁあぁ……っ！」

「深いだろう？」

陶然とした問いに、こくこくとうなずく。

「こんな、深いの、こわい……っ」

いつもよりも大きな彼の欲望に、強く奥を押し上げられ、深く渦巻くような快感が身体の奥から沸き立ってくる。

底の知れない歓喜に追い立てられるように、蜜襞は淫靡にわななき、欲望をぎゅうぎゅうと貪欲に引き絞る。

「身体は歓んでるようだ」

　クスクスと笑みを含んだささやきが鼓膜をくすぐる。

　あふれる恍惚に浮かされるように、筋肉に覆われた肩に強くしがみつくと、たわわな胸を押しつけられた彼が息を詰めた。

「これはまた……。うれしい感触だ」

　ふくらみをわしづかみにした手が、淫らに尖った赤い突起をきゅっと捏ねる。

「ひぁン……！」

　短い啼き声と同時に、下腹の奥がぎゅんっと屹立を絞る。うれしそうにビクビクとふるえた屹立はググッと反り返り、敏感すぎる内奥の性感を改めて刺激してきた。

「あぁぁッ……」

　彼のものを締めつけたまま、ひとりでに腰がうねる。

「どうした？　腰が揺れているぞ」

「……止まらないの……っ」

　正直に応じると、彼は声を立てて笑った。そしてたっぷりとした乳房をすくい上げ、背を丸めて先端を口に含む。

　じゅっと音を立てて吸われ、思わずのけ反って感じ入る。

　ただでさえ下腹の奥からあふれる淫熱が全身を満たし、性感を昂ぶらせているのだ。感じやすくなった乳首をしゃぶられて、いっそう気持ちよくなり、アイディーリアは我を忘れて啼きよがった。

「そんなに、強く吸っちゃ、……あぁっ、だめっ、……だめっ」

首を振って訴えると、彼はじゅっと余計に強く吸い立ててくる。

「……あぁあぁっ！　……いいっ……、いいっ……！」

しなる背筋をびくびく震わせ、ゆさゆさと乳房を揺らして感じ入るアイディーリアを、彼はますます煽り立ててきた。

硬く凝った敏感な粒をちゅうちゅう吸い、先端の窪みを舌先で抉って、ジンジンと刺すような快感を与えてくる。かと思うと飴玉のように舐めしゃぶる。

特にざらざらした舌を絡め、ひたすら転がされる淫蕩な感覚には、どうにかなってしまいそうだ。

「だめ、溶けちゃう……、そこ、溶けちゃう……っ」

官能の涙をこぼしながら、いやいやをすると、シルヴィオはハハッ、と愉快そうに笑った。

「溶けては困るな」

精悍な顔に少年のような笑みを浮かべる彼が愛おしく、ついついキスをしてしまう。

「――――……」

不意をつかれた彼は、こちらの後頭部を押さえ、舌をねじ込んでくることで応じた。

アイディーリアも彼の首に両腕をまわし、甘いキスに没頭する。

キスのために身をよじるだけで奥をずくずくと刺激され、熱く火照った身体が芯から疼いた。

（あぁぁっ……気持ちいい……っ）

そんな中、つながったままの下肢を、彼が軽く揺すってくる。

めり込んだ亀頭に子宮口をトントンとノックされ、総毛立つような快感がビリビリと全身を駆け抜けた。

「ふぅんんぅっ……！」

同時に蜜洞が淫らにうねり、屹立全体を絞るようにきつく締めつけた。

目もくらむほどの歓喜に吸い込まれ、キスをしながら、身体がひときわ強く痙攣する。

「――……っっ」

ひとりで昇り詰めてしまったアイディーリアの中で、彼は甘くうめく。

「ひどい女だ。俺を置き去りにするなんて」

「――はぁ、……っ、……ご、……ごめんなさい……っ」

「許せないな。おしおきだ」

含み笑いで言うと、彼はアイディーリアの両脚を抱え、いよいよ本格的な突き上げを始めた。

まだ痙攣の治まらない秘肉をこじ開けるように、漲る欲望をガツガツと力強く埋め込んでくる。

硬く太いもので奥を強く押し上げられ、たまらず悲鳴を上げる。

「あぁっ！　はぁンっ、やぁっ、……こっ、これっ、……お腹、響くぅ……っ」

ぐっぐっと律動的に最奥を抉る野太い快感は、他のどんな歓びとも比べものにならず、アイディーリアは頤を上げて深い官能のうねりに身をまかせた。

「はぁっ、深い……っ、ぁあっ、……はぁン！　あっあっ、ぁぁ……っ！」

背を反らして感じ入っていると、大きく揺れ弾むたわわな胸が、彼の口に捕らえられる。口の中に深く咥えられた乳輪ごとじゅぅっと吸われるのと同時に、下腹の奥をぐりぐり捏ねまわされ、腰が砕けそうな快感が立て続けに押し寄せてくる。

「やぁあっ！　もう、両方すごいの、やぁぁ……っ！」

淫奔に腰を振り立て、アイディーリアはまたしても高みに向けて昇り詰めていった。

太い腰に両足をまわしてきつく締めつけると、彼はねっとりと腰を押しまわしてくる。根元まで呑み込んだ熱杭が、かきまわすように淫路の壁と言わず奥と言わず擦り上げる。

「やぁああっ！　それ、また達っちゃう……、あぁっ、……また達っちゃう……！」

涙をボロボロこぼしながら、はしたない声を張り上げる。

「はしたなく蕩けた顔を、よく見せてくれ」

達している最中のアイディーリアに、彼は軽くキスをしてきた。

「かわいい、かわいいアイディーリア……っ」

くり返されるささやきに、首を振る。

快楽に溺れる顔が、かわいいはずがない。

「涙でぐちゃぐちゃです。見ないで……っ」

すると彼は今度、涙にぬれた頬に口づけてきた。

「俺にぐちゃぐちゃにされてしまった顔だ。愛おしくないはずがない」

半開きになった口唇を合わせ、互いにのばした舌を絡め合う。

「――んぅぅっ……！」

しがみつく腕の強さで快感を伝えれば、情欲を湛えた月白色の双眸がうれしそうに細められた。

一緒に達こう、と言うかのように、ドスドスと凶暴な快楽が身体にたたき込まれてくる。

絶頂をさらに押し上げる激しい快感が、脳髄までも強烈に揺さぶってくる。

「あぁぁ……！」

思わず口づけを解いて喘ぐと、シルヴィオが低くうめいた。

「アイディーリア、俺達の未来を……孕んでくれ……っ」

同時に、痙攣する蜜洞できつく締めつけた熱杭が、びくびくっとふるえるのを感じる。

やがて下腹の奥でドッと欲望が弾ける。

内奥を勢いよく刺激する熱い迸りを感じ、その強烈な快感に、アイディーリアは息もできずにただ絶頂を繰り返した。

「――――……!!」

我を忘れるほどの快楽に気が遠くなる。

思考までも真っ白に染め抜かれる中、振りしぼるような彼の希求を感じ、大切なものを託された感動に涙があふれる。

「シル……ヴィオ……っ」

すすり泣きながら、アイディーリアは逞しい彼の身体を強く抱きしめる。

それは、決して放すものかと言わんばかりの力を込めて返された。

「頼む。……君との子供が欲しいんだ、アイディーリア……」

ハァハァと乱れた息が互いの耳元で響く。

昇り詰めた興奮が落ち着いてくると、どちらからともなく少し身を離して見つめ合った。

そして色濃い官能に染まった瞳に見入るうち、互いに理解する。

自分達が、五年前に夢見ていた未来にたどり着いたことを。

「……わたしも、あなたとの愛の証が欲しいわ」

感動の涙と、ほほ笑みを浮かべるアイディーリアを、シルヴィオが感極まったように抱きしめてくる。

「よかった……！」

こみ上げる喜びのまま、二人はふたたびキスになだれ込んだ。

くり返しくり返し、甘いキスを飽きずに続けた。

エピローグ

その日、図書室で調べ物をしていたアイディーリアのもとに、シルヴィオの部下たちが険しい形相で駆け込んできた。

「大変です！」

ロベールが、波打つ長い髪を振り乱す勢いで口を開く。

「大公が落馬され、傷口が開いてしまわれて……！」

「落馬!?」

アイディーリアは椅子から腰を上げた。

「――どこです？　馬場？」

「こちらです、お急ぎください！」

険しい顔できびきびと案内する騎士達に囲まれ、小走りで向かったのは、城の庭園である。

春を言祝(ことほ)ぐ女神の彫刻が据えられた大きな噴水を中心に、鮮やかに咲き乱れる美しい花壇が広がっている。しかし今は、そこにずらりと五十名ほどの兵士達が集まっていた。

彼らは平服で、武器を持っていなかったが、集まるとそれだけで物々しい雰囲気になる。

やはり何かあったのだ。

アイディーリアは胸を塞ぐ不安を抑えてそちらに向かった。

皆、アイディーリアの顔を見るや沈痛な面持ちで道を空ける。

(いったい何が……っ)

どうか無事でいてほしい。祈るように兵士達の人垣を越えたところ、その先――噴水の前に、シルヴィオが立っていた。特に何事もない姿で。

「え？」

ぽかんとするアイディーリアの周りで、クスクスと笑いがこぼれた。

「いやはやおかわいらしい。ここに来るまでの必死な様子ときたら……」

「今にも泣きそうなお顔に、さすがに良心が痛みました」

胸に手を当て、慇懃(いんぎん)に頭を下げるロベール達の姿から、何かを察したのだろう。シルヴィオが厳しく叱りつける。

「そのなけなしの良心を総動員して彼女に謝れ！」

怒鳴る様子は健康そのもの。

どうやら彼の部下達にからかわれたようだ。

アイディーリアはドッと襲ってきた安堵に、大きく息をついた。

「よかった……」

怒鳴られたロベールが、笑いを嚙み殺しながら謝罪の言葉を口にする。

「申し訳ありません。大公が、今すぐアイディーリア様を連れてこいとおっしゃるもので、なるべく早く期待に応えたいと思い、こんな真似を……」

「今すぐと言った覚えはない。あと、もう少しきちんと謝れ」

苦い面持ちでたしなめた後、シルヴィオはアイディーリアに向き直った。

「……すまん。悪ふざけの好きな部下が、またおかしなことをしたようだが——」

「いいえ。何事もなくてホッとしました」

「おまえの心は海のように広いな。俺はいつもこいつらにイライラさせられる」

「あなたが元気でいてくれるだけで、他のどんなことも気にならないというか……」

兵士達の目が気になり、ちょっと照れながら返す。

そう。今この瞬間にも周りには五十名ほどの隣国の兵士がいる。

「あの、これは何でしょう……？」

怪訝に思って問うと、彼は苦い顔のまま説明を試みた。

「……部下達がおまえをかくまったことを、別の意味に勘違いした時があっただろう？」

「えぇと……はい」

ちょっと思い返す。

彼に誤解され、身ひとつで追い出された夜のことだ。

それに気づいた彼の部下達が宿舎にかくまい、あくまで丁重に世話をしてくれたのだが、シルヴィオはあらぬ勘違いをして、激怒したという。

「その時、俺はいちばん悪いのは自分だということを承知していながら、ロベールと、他の二、三人ばかり殴ってしまい……、『後でいくらでも殴らせてやる』と返したわけだ」

「はい」

「そのことを先刻、ロベールに蒸し返され――」

「なかったことにするわけないでしょう。こんなおもしろいこと」

ロベールが口をはさみ、周りがドッと笑った。

逆にシルヴィオは、ますます居心地の悪そうな顔つきになる。

「……殴らせる代わりに、とある条件をつきつけられてだな」

「条件？」

「皆の見ている前で、一世一代の大勝負に出ろと」

そう言うと、彼はおもむろに地面に膝をついた。

驚くアイディーリアの手を取り、恐いくらい真剣な表情でふり仰いでくる。

そして――

「愛している」

その言葉に、アイディーリアの心臓は、ドキドキとうるさいほど高鳴った。

「あ……」

答えようとしたところ、少し待てとばかり、ぎゅっと手がにぎられる。

「……初めて会った時からずっと、おまえと結婚し、幸せな家庭を築きたいと願い続けてきた。俺の願いをかなえてくれないか？」

「シルヴィオ……」

「結婚してくれ、アイディーリア」

「――……っ」

その言葉を聞いたとたん、顔がカァアッ……と茹だったように熱くなった。

感激のあまり涙がにじみ出す。

「……っ、はい、……はい……っ」

彼に届いているか不安で、何度もうなずいた。

周囲の兵士達が冷やかすような大歓声を上げ、いっせいに拍手を始める。

うれしさに泣き笑いするアイディーリアを、立ち上がったシルヴィオが抱きしめてきた。

「よかった……！」

心底ホッとしたようにささやき、強く抱擁してくる。

「こんな日が来るなんて、うれし――……」

新たにこみ上げてきた涙のおかげで声にならなくなったアイディーリアの頬に手を当て、シルヴィオはキスをしてきた。

冷やかす声がますます大きくなる。口笛を吹く者までいる。

くちびるを重ね合う合間に、彼がささやいた。

「……結果はよしとして、いつか絶対やり返してやる……。上官を上官とも思わないこの連中に、必ず一泡ふかせてやるぞ……！」

照れ隠しだろうか。憤然とした口調に、アイディーリアはくすくす笑って応える。

「異国の諺にあります。『最大の復讐は、相手よりも幸せになることだ』って」

「よし、心ゆくまで復讐してやろう」

破顔したシルヴィオが、いっそう深くくちびるを奪いにかかってくる。

あふれるほどの感動が、胸の内にこびりついていた、過去にまつわる雑多なものを押し流す。

にぎやかな祝福の中、自分を縛る何もかもから解き放たれた心地で、アイディーリアは彼のもたらす甘い至福に長いこと酔いしれたのだった。

あとがき

こんにちは。最賀(さいが)すみれと申します。

この度は拙作をお手にとっていただき、本当にありがとうございました。

この作品は、互いに敵対する家に生まれたヒロインのアイディーリアとヒーローのシルヴィオが、確執を乗り越えて結ばれるまでを描いた話です。設定だけ見ればロミオとジュリエット的な話ですが、冒頭でヒロインの家がヒーローの家を滅ぼしてしまうという……。はい、『敵対する家に生まれた恋人達の愛』というよりも、成長して戻ってきたヒーローの『復讐と愛』がテーマです。

だって普通、自分の一族郎党を死に追いやった家の人間と結婚するとか、あり得ないじゃありませんか……。いくら相手は陰謀に関わっていなかったとしても、死んだ親戚達への後ろめたさとか、彼女は許せても周りは許せないとかあるわけで、そのあたりのヒーローの苦悩や葛藤をどう乗り越えさせるか、挑戦しがいがありました。過去編の初々しく一途な二人の恋も合わせて、少しでも楽しんでいただけたなら幸いです！

逆に過去編はもう、書いてててひたすらウキウキするばかりでした。互いに相手しか目に入らないほど恋に夢中の若人はまぶしいですね！　まるで泥の中に咲く蓮の花のようで、全世界をあげて守りたくなりました。……最終的に引き裂きましたが。

ヒロインの姉は目的のために手段を選ばない悪役ですが、嫌いではありません。策謀を巡らせていた彼女にとって一番の誤算は、ルヴォー家に対するシルヴィオの決断で、それがアイディーリアの影響によって下されたものなのだとすれば、愛の勝利と言っていいのかもしれませんね。

そして後半にあるシルヴィオのセリフの、

「君は……君だけは永遠に穢れない、僕の女神だったのに。信じていたのに……！」

の一人称「僕」はわざとです。過去の言葉に戻ってしまうくらい混乱していたということです。校正さんからのチェックも入っていましたが、お願いしてあえてそのままにしました。

イラストはウエハラ蜂(はち)先生。カバーイラストを拝見しましたが、深紅のシルヴィオのマントと、深緑のアイディーリアのドレスの組み合わせがうっとりするほど素晴らしく、またヒロインの胸も作中での設定通り大変豊かに描いていただきまして、感激しております。本文のイラストもそれぞれに麗しかったり、可愛らしかったり、拝見するたびに口元が緩んでしまいました。ちなみに一番可愛いのは、泣いているアイディーリアに気づいてギョッとしているシルヴィオです♪　本当にありがとうございました。

担当編集のY様。趣味を詰め込みすぎて、少々どころでなくとっちらかっていた初稿に、的確なご提案をありがとうございました。おかげさまですっきりとまとめることができました！（設定を削ったというのに、なぜか修正で大幅にページが増えてすみません。ほんと謎……）

最後になりましたが、この本をお手に取ってくださった皆様に、心からの感謝を。

またお目にかかる機会がありますように！

最賀すみれ

この本を読んでのご意見・ご感想をお待ちしております。

◆ あて先 ◆

〒101-0051
東京都千代田区神田神保町2-4-7 久月神田ビル
㈱イースト・プレス　ソーニャ文庫編集部
最賀すみれ先生／ウエハラ蜂先生

復讐(ふくしゅう)の甘(あま)い檻(おり)

2020年1月6日　第1刷発行

著　　者　最賀(さいが)すみれ
イラスト　ウエハラ蜂(はち)
装　　丁　imagejack.inc
D T P　松井和彌
編集・発行人　安本千恵子
発 行 所　株式会社イースト・プレス
〒101－0051
東京都千代田区神田神保町2－4－7 久月神田ビル
TEL 03－5213－4700　FAX 03－5213－4701
印 刷 所　中央精版印刷株式会社

ISBN 978-4-7816-9664-5
定価はカバーに表示してあります。

Sonya ソーニャ文庫の本

『偽りの愛の誤算』　御堂志生

イラスト　アオイ冬子

Sonya ソーニャ文庫の本

『魔女は紳士の腕の中』 山野辺りり

イラスト 幸村佳苗

執愛結婚
最賀すみれ
Illustration
氷堂れん
どうしたの？私は前からこうだったよ。
父を事故で失い、悲嘆に暮れるアルテイシア。そんな彼女の前に初恋の人オリヴァーが現れる。ずっと慕っていた彼から求婚され、喜んで受け入れたアルテイシアは、甘く幸せな新婚生活に溺れていく。だがある噂をきっかけに、オリヴァーの愛は徐々に歪みを見せはじめ……。
Sonya